CB141582

A FORÇA DA ARTE

A FORÇA DA ARTE

GILBERTO SCHWARTSMANN

Editora Sulina

Copyright © Gilberto Schwartsmann, 2024.

Capa: Humberto Nunes
(Ilustração de Ilya Yefimovich Repin [1844-1930], Alamy Limited).

Editoração: Niura Fernanda Souza

Revisão: Simone Ceré

Editor: Luis Antonio Paim Gomes

Dados Internacionais de Catalogação na Publicação (CIP)
Bibliotecária responsável: Denise Mari de Andrade Souza CRB 10/960

S399f Schwartsmann, Gilberto
A força da arte / Gilberto Schwartsmann. -- Porto Alegre: Sulina, 2024.
168p.; 14x21cm.

ISBN: 978-65-5759-135-2

1. Literatura Brasileira – Teatro. 2. Teatro Brasileiro. I. Título.

CDU: 821.134.3(81)-2
CDD:B869-2

Todos os direitos desta edição são reservados para:
EDITORA MERIDIONAL LTDA.

Rua Leopoldo Bier, 644, 4º andar – Santana
CEP: 90620-100 – Porto Alegre/RS
Fone: (0xx51) 3110.9801
www.editorasulina.com.br
e-mail: sulina@editorasulina.com.br

Janeiro/2024

Para Zé Adão Barbosa e Arlete Cunha, dois gigantes do teatro que eu amo e que entraram em minha vida para ficar.

PERSONAGENS

Augusto:
Homem maduro; empresário; de classe média, que ascendeu socialmente; casou-se por dinheiro com Lúcia. É amante de Lia; depois de se casar, nunca mais abriu um livro.

Lúcia:
Esposa de Augusto; fútil; rica há três gerações; adora as festas da alta sociedade. Nunca abriu um livro.

Isabel:
Riquíssima; fortuna mais recente; o pai criou um império do setor de comunicações; casada com Renato. Também nunca abriu um livro.

Renato:
Esposo de Isabel; filho de um banqueiro importante; dirige um dos negócios do pai de Isabel. Só abriu livros de autoajuda e poucos.

Lia:
Divorciada de Mário; nova rica; fez um curso, ninguém sabe onde, de terapia de casais; finge que trabalha.

Mário:
Divorciado de Lia; dono de uma empresa de construção; ficou rico com a ajuda do ex-sogro; um fraco.

Luís:
Amigo de infância de Augusto; professor de Letras na Universidade; nunca se casou; uma pessoa correta.

CONTEXTO

Vivem-se as consequências da nova peste que assola o mundo: a Covid-19. É algo assustador. As mortes acontecem a toda hora. O desespero toma conta de todos. A história começa depois de mais um dos incontáveis velórios, no cemitério dos ricos da cidade...

DIA 1

(No cemitério mais elegante da cidade, à saída de mais um velório, de um conhecido que faleceu de Covid-19, Augusto fala baixinho com a esposa, Lúcia...)

Augusto:
Eu não aguento mais essa pandemia... me dá uma sensação horrível. O doutor Reginaldo... conversamos sobre um potencial negócio há menos de duas semanas...

Lúcia:
Estou assustadíssima, Augusto. Essa Covid-19 mata gente rica também... eu não entendo isso... Ela parece não escolher entre ricos e pobres, todos podem ser afetados, até mesmo um de nós...

Augusto:
Não é fácil, Lúcia... Morrem até padres, médicos e políticos importantes.... diretores de hospital!

Lúcia:
O que está morrendo de gente da alta sociedade...

Augusto:
O Geraldo, da *Finanças Globais*, também se foi de Covid...

Lúcia:
Augusto, tu tinhas me dito que o nosso seguro americano resolvia tudo... era uma garantia... caríssimo...

Augusto:
É uma garantia quanto ao pagamento das despesas, Lúcia, hospitalização em quarto privado, até o enterro, mas não evita que alguém contraia uma doença... (*olhando para a plateia*) A pessoa se casar com mulher rica e burra é uma cruz que se carrega para sempre...

Lúcia:
A minha manicure me disse, logo que começaram as mortes, que nas classes mais baixas as pessoas chegam mais tarde ao atendimento, pois precisam se deslocar até os postos de saúde... demoram muito até chegar aos hospitais! E morrem muito mais... Eu não entendo... por que não chamam logo um táxi ou um *Uber Black*...

Augusto:
Porque eles não têm dinheiro, Lúcia... Fala mais baixo, por favor, eu acho que o Renato está se aproximando, para falar conosco...

(*Renato e Isabel se aproximam deles*)

Renato:
Mas que horror, vocês não acham? Isso não pode ser coisa simples de se resolver... Eu não entendo essa pandemia... Morre gente importante, que só come comida cara, que tem *personal trainer* que vai em casa... gente que viaja quatro vezes por ano para a Europa... eu não entendo a lógica dessa pandemia...

Isabel:
Vejam o caso do Doutor Lima... não havia quase mais lugar para fazer velório... a viúva – uma mulher elegantíssima, sempre bem vestida e cheia de joias nas orelhas, no pescoço e nos dedos das duas mãos – ela me confidenciou que teve de fazer uma doação de última hora para um asilo qualquer, sei lá onde, para conseguir botar o defunto aqui no cemitério... eu não sei onde isso vai parar...

Lúcia:
A minha manicure me contou que esse pessoal mais pobre está morrendo como moscas... Onde é que isso vai parar? Imaginem a gente sem empregada, faxineira, motorista?

Augusto:
Cala a boca, Lúcia, o padre pode estar por perto...

Lúcia:
O padre que se lixe! Eu entendi muito bem o olhar dele, quando me viu... O Raulzinho, o rapaz que faz as entregas na nossa mansão de nove quartos, cinco em suíte, na Serra, me disse que o padre da igreja deles é uma pessoa extremamente compreensiva... Quando ele teve problemas com maconha e outras coisas... o padre foi como um pai para ele... compare com o nosso padre daqui... sempre nos cobrando com os olhos!

Augusto: (*meio cansado da mulher*)
Cobrando o que com os olhos, Lúcia? O padre quer o bem das pessoas... estava envolvido com o velório... com o morto, com a família do morto, que olhar que o padre dirigiu a ti, por amor de Deus?

Lúcia:
Olhou, sim! Tu pensas que eu não percebo essas coisas? Eu já fiz psicoterapia, meu amor, eu conheço direitinho as reações do ser humano...

Augusto:
O que o padre fez, Lúcia?

Lúcia:
Ele me olhou bem dentro dos olhos... o morto deitado no caixão... e ele me olhou profundamente, cobrando de mim as minhas ausências na missa, como se eu fosse a culpada pela pandemia...

Isabel:
Lúcia, tu acreditas que o padre teve a coragem de vir em minha direção, um minuto depois de enterrarem o defunto, para me dizer que estava aflito com a situação dos pobres nessa pandemia...

Lúcia:
Mas que padre mais desaforado...

Isabel:
Eu encarei o padre de frente, sem ninguém perce-

ber, e respondi: "Sim, padre, por que o senhor está tão aflito com os pobres?" Ele me disse "Esses coitados que ganhavam o sustento da família por meio de biscates nas ruas, ou fazendo algum serviço mais simples, estão sem dinheiro para sustentar a família". Mas eu não deixei por menos: fui categórica! Firme! Convicta! E respondi: "E isso é hora de falar nesses assuntos, padre?".

Lúcia:
Ah, fizeste muito bem, Isabel! Isso não tem cabimento... uma coisa é uma coisa, outra coisa é outra coisa... Nós deveríamos trocar de padre... mandar esse para uma paróquia nos quintos dos infernos...

Isabel:
Eu acho...

Renato:
O responsável pelo marketing da nossa empresa me ligou ontem e me disse que, caso alguém da imprensa venha falar comigo... pedir a minha opinião, eu deveria dizer que as epidemias são sempre muito parecidas... que o pessoal fique tranquilo... para acalmar os funcionários...

Lúcia:
Como assim, parecidas? Já houve coisas assim no passado? Que horror?

Renato:
Ele disse que eu poderia mencionar a Gripe Espanhola, que matou um monte de gente no mundo há uns cem anos atrás... e uma tal de Peste Negra, que atingiu a Europa no século XIV... e nós continuamos aqui, nós, humanos...

Augusto:
Não entendi o raciocínio... e as mortes? Ficam por isso mesmo?

Isabel:
A minha cabelereira, a que pinta o meu cabelo... ela tem uma mão maravilhosa... ela me disse que essa peste horrível está matando gente até nos Estados Unidos!

Lúcia:
Agora eu me lembrei... a minha manicure me contou que um escritor da época daquela peste de setecentos anos atrás, em Florença – Ah! Eu acho lindo Florença, os hotéis, os restaurantes, as lojas de joias e de moda... –, um tal de Boccaccio, escreveu um livro, que eu achei a ideia sensacional...

Augusto: (*com ar de espanto*)
A tua manicure mencionou o Boccaccio? Falou no *Decameron*? Eu acho que a cultura desse país está nas mãos dos institutos de beleza...

Isabel:
Uma de nossas doze empregadas disse que, se não é pela ajuda dos parentes e dos vizinhos, os pobres estão todos morrendo de fome nessa Covid-29...

Renato:
Dezenove.

Isabel:
Que 19, Renato?

Renato:
O vírus... é 19.

Isabel:
Tudo bem, 19... Mas que homem mais chato...

Lúcia:
Fala a parte mais importante, Isabel, que tu me contaste ontem... a tua empregada disse que temos de lavar as mãos, usar máscaras e ficar dentro de casa, sem sair nas ruas... olhem o absurdo... Agora os nossos empregados não poderão mais vir para o trabalho...

Isabel:
E a gente como é que fica? Quem é que vai cozinhar, fazer a faxina... lavar, passar... é um absurdo essa recomendação... De onde foi que a Secretaria de Saúde tirou essa ideia absurda de impedir que os empregados venham ao trabalho?

Augusto:
Pois é... antigamente, a gente decidia o que informar para esse pessoal mais simples... hoje, eles têm celular, televisão, rádio...

Renato:
Parece que ninguém poderá andar pelas ruas, pegar o ônibus, salvo se tiver uma justificativa médica ou se for comprar alimentos... eu estou simplesmente sem ninguém para me fazer o serviço de banco, cartório...

Isabel:
Existe ônibus ainda? Mas que legal...

Lúcia: (*indignada*)
Eu simplesmente não tenho mais a quem chamar para fazer as nossas compras do supermercado... Só o Raulzinho na Serra! Eu já disse para as nossas empregadas, vamos pagar o dobro, o triplo... essa gente precisa de dinheiro... vão vir correndo, com ou sem vírus! Eles não são como o Raulzinho, que me serve como se eu fosse uma rainha...

Isabel:
Tu tens toda a razão...

Augusto:
Tem um lado meu que fica com certa pena desse pessoal mais simples...

Lúcia:
Que lado, Augusto? Mas há outro lado teu que gosta de que alguém cozinhe para ti, lave e passe as tuas roupas... não é verdade, Augusto? O Raulzinho, se tivesse tido alguma oportunidade, ele seria presidente do Brasil!

Augusto:
Também não exageremos, Lúcia...

Lúcia: (*cochicha para Augusto*)
Augusto, eu já te pedi para parar de me contar sobre o sofrimento dos pobres... tu sabes que eu não quero saber destas coisas... já chegam os meus problemas... (*virando-se para Isabel*) Isabel, tu sabes que a Lurdinha brigou comigo... bateu o telefone na minha cara, porque contaram para ela que eu falei mal do vestido que ela usou no casamento da filha dos Morais da Veiga...

Isabel:
Não acredito! Mas que gente mais chata! Eu também acho a Lurdinha uma mulher vazia, que não se preocupa com os problemas... imagine usar um vestido escuro num casamento à tarde e ao ar livre... veja se isso tem cabimento...

Renato:
Olhando da minha cobertura de 1.200 metros quadrados, as ruas desertas dão sinal de vida somente quando algum vulto de aspecto miserável e sujo

abre um latão de lixo, em busca de restos de comida... eu não posso ver... eu fecho a janela na hora...

Lúcia:
A minha manicure me falou sobre o tal livro de uma peste, escrito há uns sete séculos, por um tal de Boccaccio... isso mesmo: Giovanni Boccaccio...

Renato:
Sim, o Augusto falou... é o *Decameron*...

Isabel:
Exatamente! Mas como é que tu sabes sobre esse livro? Tu já tinhas ouvido falar dele?

Renato:
Não, eu não sei nada sobre o livro... mas é o nome de uma sauna que eu costumava frequentar em São Paulo... eu lembrei do nome, porque no papelzinho de propaganda dizia: *Decameron*...

Augusto:
Essa tua manicure é boa de leitura, não? Eu estou ficando um pouco preocupado... parece que as classes trabalhadoras estão ficando mais cultas...

Lúcia:
Eu tenho um medo disso...

Augusto:
Medo do quê, Lúcia?

Lúcia:
Disso que tu falaste...

Augusto: (*irônico*)
Eu adoraria ver a tua manicure de ministra da cultura... é ela quem te ensina tudo... é a tua fonte de informações... ela e o teu *personal trainer*...

Lúcia:
Como assim, Augusto?

Augusto:
É a pura verdade... hoje, se tu quiseres disseminar uma informação, basta tu comentares numa academia de ginástica... em dois minutos, a cidade inteira fica sabendo...

Lúcia:
Augusto, a tua doença, esse teu sarcasmo, essa tua raiva da humanidade, esse teu complexo... é uma consequência de tua ascensão social... tu te casaste com uma aristocrata, e há um lado teu que está sempre sofrendo com isso – enquanto o teu outro lado adora vinho francês, viagem em classe executiva...

Augusto:
Tudo bem, Lúcia... tudo bem...

Lúcia:
Eu dizia, Isabel, que a minha manicure e eu falávamos sobre a pandemia... eu, horrorizada com as

mortes de nossos conhecidos... gente da alta sociedade... E ela me disse que durante aquela tal peste de Florença, esse Boccardo... Boccaccio... eu nem lembro bem o nome... escreveu esse livro... Como é mesmo o nome?

Renato:
Decameron...

Lúcia:
Sim... o *Decameron*. E ela me disse que, na história que conta o livro, sete moças da sociedade de Florença convidam três rapazes também de famílias conhecidas e chiques... como nós... para se protegerem da peste numa casa chiquérrima no campo...

Isabel:
Sério? Gente chique como nós?

Lúcia:
Sim! E para passar o tempo, eles ficavam contando histórias uns para os outros...

Isabel:
Mas que interessante! É grosso?

Lúcia:
Quem? O autor do livro?

Isabel:
Não... o livro...

Lúcia:
Eu não tenho a menor ideia, Isabel... e eu sou mulher de ter tempo para ler livro? Com a agenda de compromissos que eu tenho, eu seria mulher de parar tudo, para ler um livro? Tem paciência, minha amiga... tem paciência... Não há a menor chance...

Augusto: (*pensativo*)
Tu leres um livro seria de fato algo inusitado... Contudo, não seria uma má ideia nós fugirmos desta peste, para algum lugar mais isolado...

Lúcia:
Eu adoraria, Augusto!

Isabel:
Eu também! Como é o nome do livro da peste mesmo?

Renato:
Decameron, Isabel.... e o autor é *Boccaccio.*

Isabel:
Não, aí é muito para eu decorar... fiquemos só com o *Decameron*... Lúcia, conta mais do livro? Que parte que a tua manicure recomenda para que a gente leia?

Augusto: (*olhando para a plateia, resignado*)
Eu não posso acreditar no que eu estou ouvindo...

Lúcia:
Ah, eles contam histórias bem picantes... há uma sobre um rapaz que se faz até de mudo, para conseguir emprego num convento... e as freirinhas começam a transar com o falso mudinho... despreocupadamente, pois o rapaz era mudo, jamais iria denunciá-las...

Isabel:
O jardineiro mudinho transa com todas elas, é?

Lúcia:
Até que a madre superiora descobre... e quer entrar também na brincadeira... Elas quase matam o coitado de tanto transar... num quartinho pequeno de guardar ferramentas, atrás do jardim... quando ele está transando com a madre superiora, já esgotado, e a velha pede mais, ele grita: "chega! Eu não aguento mais!" E a velha pensa que é um milagre! Que o mudo havia aprendido a falar...

Isabel: (*rindo*)
A velha pensou que era a força do Espírito Santo... ah, ah, ah!

Lúcia:
Sim, de tanto "trabalho extra" que ele teve de fazer com as freirinhas... Elas todas saem a gritar: milagre! milagre! E termina a história.

Renato:
Sabe que não seria uma má ideia...

Augusto:
O quê? Tu transares com as freirinhas da tua paróquia?

Renato:
Não! Nós irmos para algum lugar isolado... para nos protegermos da Covid...

Lúcia: (*com expressão de "eureka"*)
Nós iremos, sim! É uma ideia mais maravilhosa! Nós temos de sair imediatamente daqui! Ir para um lugar distante e seguro, como no *Decameron*! Até que esse inferno passe... ou pelo menos ficarmos longe por alguns dias... para esfriar a cabeça...

Augusto:
As recomendações são de que as pessoas fiquem em casa. Os doentes sem falta de ar... num quarto isolado, de preferência... e se estiverem com falta de ar, procurar um hospital, um posto de saúde... o que houver mais próximo...

Lúcia:
Nós, graças a Deus, somos gente rica e moramos em casas bem confortáveis e bem arejadas. Mas nós temos de sair daqui, Augusto, e o mais rápido possível...

Isabel:
Por mim, eu iria hoje para o Six Seasons Hotel, um lugar bem chique...

Renato:
Six Seasons?

Isabel:
Sim... tu não conheces essa rede famosa de hotéis? Nós já nos hospedamos num hotel da rede em Londres...

Renato:
Não seria Four Seasons, Isabel?

Augusto:
Eu acho... salvo se houve uma mudança tão grande no clima, e a Terra tivesse seis estações... outono, inverno, primavera, verão e mais duas...

Lúcia:
Eu acho que seria lindo! Eu chamaria uma de Tripnia...

Isabel:
Tripnia?

Lúcia:
Seria a estação só de viagens ao exterior... Trip... Isabel... trip quer dizer viagem em inglês...

Isabel:
Que ideia mais maravilhosa, amiga! Tripnia... só viagens e mais viagens...

Augusto: (*olha para a plateia*)
Eu já estou quase me arrependendo de começar um confinamento na Serra com esse pessoal... não sei se resistirei...

Renato: (*sério*)
Eu li agora pelo meu iPhone que todas as reuniões públicas e as saídas não emergenciais foram proibidas... Temos de lavar as mãos com álcool... e usar máscaras! Dessas que se utilizam em hospitais. E a tua empregada, Lúcia, tinha razão quanto às suas recomendações sanitárias...

Lúcia:
Eles não mencionaram nada sobre sanitários...

Augusto:
Deus meu... Que mulher ignorante que eu me casei...

Renato:
Ainda bem que eu tenho os meus funcionários, que tocam os meus negócios por mim... e eu não preciso ficar perto de ninguém...

Isabel:
Dizem que quem não tiver acesso a elas, devem usar máscaras improvisadas, feitas de tecido... As costureiras e as donas de casa mais pobres estão fazendo máscaras caseiras... com qualquer tecido!

Lúcia:
Olha, pessoal... nas ruas, sobraram apenas os doentes mentais e os esmoleiros... os pobres e os abandonados! Na maioria, com o rosto coberto com qualquer trapo, deixando aparecer somente os seus olhos... é horrível de se ver!

Renato:
A morte vem da China... são eles os culpados... o vírus vem de lá... eu tive dois amigos que tinham fábrica de sapatos e quebraram por causa da China...

Augusto: (*meio sem paciência com a conversa*)
Isto é outra coisa, Renato... Não é tudo culpa da China, pelo amor de Deus...

Renato:
Ou é China, Coreia do Norte, um lugar assim...

Lúcia:
Pouco importa de onde ele veio, nós temos de sair logo daqui! Temos de ir para algum lugar isolado para fugir desse vírus! Nós temos dinheiro!

Augusto:
Vamos ou não para a nossa mansão na Serra?

Lúcia:
A nossa mansão de nove quartos, cinco em suíte? Uma excelente ideia! Nós convidaremos mais um casal conhecido... gente do nosso nível... da alta so-

ciedade... seremos seis, em nosso *Decameron*... mas que coisa mais chique...

Isabel:
Mal posso esperar... tenho de contar para o meu personal trainer....

(*Apaga-se a luz)*

DIA 2

(*Na mansão na Serra*)

Renato:
Augusto, podes me passar uma torradinha com salmão? Eu adoro salmão defumado...

Augusto:
Claro! Queres também o requeijão cremoso?

Renato: (*pensando alto*)
Há algumas boas almas, verdade seja dita, que eventualmente passam de automóvel e quando veem algum infeliz a vagar pelas ruas, de longe, com medo de serem contaminados, jogam uma sacola de comida, restos de pão ou dão-lhes algum dinheiro... Mais uma torradinha com salmão?

Isabel:
Renato, esse assunto me incomoda, ouviste? Eu não quero te pedir novamente... por favor, evite de falar esses assuntos tristes perto de mim... tu podes respeitar os meus sentimentos? Eu sou uma pessoa muito sensível...

Renato:
Está bem, vamos falar das nossas viagens à Paris e Roma, fica melhor assim? Eu adorei o jantar na Brasserie Lipp! E os drinques no bar do Ritz? Queres mais um pouco de requeijão, Augusto?

Augusto:
Na minha opinião, o melhor foi sumir da cidade... e ficar isolado... longe de tudo...

Lúcia:
Como no *Decameron?*

Augusto: (*irônico*)
Sim, como no livro do Boccaccio. Há alguma outra história do *Decameron* que a tua professora, quero dizer, a tua manicure, te ensinou?

Lúcia:
Augusto, queres parar de debochar de mim? Que coisa mais chata! Eu faço as mãos nas quartas... os pés, nas terças, uma semana sim, outra não. Pinto o cabelo todas as quintas e faço o corte nos sábados pela manhã... sempre com ela! E é ótimo ouvir as coisas inteligentes que essa menina me fala... Ela me lembra a novela das oito... Como a gente aprende!

Isabel:
Eu concordo plenamente contigo! O que eu aprendo no cabelereiro é impressionante! Eu li numa revista de temas femininos tudo sobre enchimentos de face, de boca, de bunda, de tudo... e toda a história do namoro do Macron com a mulher, que é uns vintes anos mais velha que ele...

Lúcia:
Tem outra história do *Decameron* que eu agora me lembrei... E é provável que o Luís, o amiguinho de infância do Augusto, saiba até de cor... ele sabe tudo de cor!

Augusto:
Sim, Lúcia! O Luís provavelmente saiba não uma, mas todas as histórias do *Decameron.* Nós nos conhecemos desde pequenos... da escola...

Renato:
Lúcia, nesse ponto eu concordo com o Augusto. O Luís é muito culto.

Lúcia:
E de onde tu conheces a cultura do Luís?

Renato:
Ele me falou coisas interessantes, o Luís, no último jantar que nós oferecemos em nossa cobertura de 1.200 metros quadrados, acho que tu estavas em Veneza... Augusto o levou.

Isabel:
Lúcia, tu estavas viajando com a tua turma de *Ultra Acute Extreme Box Fighting* da tua academia de ginástica... Mas conta mais, Lúcia! Eu adorei ouvir essas histórias da Revolução Francesa.

Renato:
Que Revolução Francesa, Isabel?

Isabel:
Não, não, desculpe! O *Decameron* é sobre uma peste que ocorreu na Europa, bem antes, não? Eu me confundi...

(*Entra uma chamada no Iphone de Renato: ele se afasta*)

Renato:
Sim, sim... (*fica preocupado*) O melhor é não tocar em ninguém e ficar realmente longe, muito longe... para não ter de respirar o mesmo ar e se contaminar com algum pobre diabo destes... (*sussurra para Isabel*) é um dos meus gerentes... eu mandei que ele fizesse o pagamento de um pessoal que está fazendo uma obra para os nossos investidores... parece que vários deles pegaram Covid...

Isabel:
Pegaram Covid? Que horror... Mas, Lúcia, continua, continua que eu estou curiosa...

Lúcia: (*com ar de contrariada*)
Então o Augusto levou o seu amiguinho de infância... do seu grupinho antigo de comunistas... O Luís...

Augusto:
Que comunistas, Lúcia... tu, o teu pai e o teu avô não conseguem se livrar dessa assombração... todo mundo que pensa é comunista para ti... te cuida que eu acabarei concluindo que comunismo para ti é sinônimo de inteligência...

Lúcia:
Desgraçado! Tu sabes que tu me confundes sempre com o teu jogo de palavras...

Isabel:
Chega dessa conversa... Lúcia, conta mais uma história, conta! Do livro...

Lúcia:
Ok, ok, eu conto... É uma história sobre um rei da França, que era louco pela mulher de um nobre... ela, uma mulher séria, de respeito... ele estava em viagem pelo interior da França e soube que o marido dessa dama importante, o tal nobre, estava viajando... O rei mandou mudar o trajeto da carruagem real e foi em direção ao castelo dela... Chegam lá, ela diz que o marido estava em viagem e o rei pede para passar uma ou duas noites no castelo dela... entenderam, não? Pelo olhar do rei, ela logo percebeu as suas intenções... Como manda a etiqueta, ela recebeu o rei, ofereceu-lhe os melhores aposentos... E passou a servir somente pratos à base de galinha: jantar com galinha, café da manhã com galinha, almoço com galinha, chá da tarde com galinha...

Isabel:
Só galinha?

Lúcia:
Sim, pastel de galinha, sanduíche de galinha, suflê de galinha, galinha ensopada, tudo à base de galinha...

Isabel:
E o rei?

Lúcia:
O rei achou tudo meio estranho... E perguntou por que ela só fazia pratos com galinha... E sabe o que ela respondeu?

Isabel:
Não...

Lúcia:
Ela disse que depois de comer diversos pratos de galinha por dois ou três dias, ele concluiria que comer galinha de um jeito ou de outro, ao final, é tudo igual... o rei entendeu a mensagem, agradeceu a hospitalidade e foi tentar trepar com a mulher dos outros em outro lugar...

Isabel:
Como assim?

Renato:
Isabel, depois de "trepar com alguém por alguns dias", a trepada fica igual a todas as outras! É essa a mensagem da história! Entendeste?

Isabel: (*com cara de idiota*)
Acho que entendi...

Augusto:
Ah! ah! ah! Eu achei a história maravilhosa... O Boccaccio conseguiu reunir histórias maravilhosas! (*toca o seu iPhone*) Sim, Dr. Astrogildo, diga! Estou ouvindo... (*expressão de espanto*) O quê? O Ralfe? Morreu de Covid? Hoje cedo, foi? O quê? Mas ele já tinha assinado os nossos contratos e feito os pagamentos... Ok. Obrigado, Dr. Astrogildo... (*triste*)

Lúcia: (*olhando para a plateia*)
Se assinou... menos mal ...

Isabel:
Sabem que há algo de apavorante nessa nova peste... isso de a Covid atingir os ricos é inaceitável... Eu estou com um pressentimento de que o dinheiro não nos dá nenhuma garantia de escapar da nova peste...

Renato:
Isso é fato. Quem for contaminado – rico ou pobre – tem um risco alto de não se safar da doença...

Lúcia:
É uma forma nova de doença – sem tratamento conhecido, altamente contagiosa e mortal... (*dirigindo--se a Augusto*) E ainda assim tu convidaste o teu amiguinho Luís para ficar conosco em nosso retiro em nossa mansão na Serra! E sem me pedir autorização!

Augusto:
Ele é meu amigo de infância, Lúcia, qual o problema?

Lúcia:
Nós passamos as últimas duas semanas só em velórios... entrando e saindo do cemitério... sem falar das cremações... e a primeira coisa que tu fazes, Augusto, é ligar para o teu amiguinho... o grande intelectual Luís... sem me consultar... e o convida para vir para a nossa mansão na Serra? Justamente agora! E tem mais, o Luís às vezes vem direto de seu trabalho na universidade e com um cheiro de suor...

Isabel:
Eu sei perfeitamente a que tu estas te referindo, Lúcia. Aquele cheiro de roupa molhada e de quem trabalhou o dia inteiro, que só pobre tem?

Augusto: (*irritado com Isabel*)
Nós somos como peixe... Dizem que todo mundo fede igual, Isabel... e se ficar doente ou morrer... em dois ou três dias os ricos federão igualzinho...

Lúcia:
Eu não, Augusto, eu não! Eu uso perfume francês! E dos melhores! Comprados na Avenue des Champs-Elysées! E voltando ao meu assunto contigo: eu não aceito que tu convides o Luís ou qualquer outro pé rapado sem me avisar....

Augusto:
Se for um filho da puta rico pode....

Renato:
Pessoal, desculpe atrapalhar a conversa, que está muito interessante...

Lúcia:
O que é que está interessante?

Renato:
É que eu estou lendo aqui pelo meu iPhone 15 – o de última geração – que a coisa está espalhada por toda a Europa. E nos Estados Unidos! Em Nova Iorque! ...

Isabel: (*assustada*)
Que coisa, Renato? Que coisa?

Renato:
Só pode ser a pandemia, Isabel... O doutor Mário, o que tem aquele lindo apartamento de cobertura na Park Lane, próximo ao Central Park, em Nova Iorque, acaba de morrer de Covid, com toda a grana dele...

Augusto: (*sério*)
Eu tenho observado o mesmo desespero nos meus conhecidos de trabalho na Itália, na Espanha e em outros países da Europa. O desespero é universal...

Isabel: (*com cara de idiota*)
Renato, repete para mim a conclusão da história do rei e da dama no seu castelo...

Renato:
Puxa vida, Isabel... tudo bem... eu repito. É simples: ela encheu o rei de pratos com galinha... e disse a ele que depois de comer galinha duas ou três vezes e de várias maneiras, tudo fica parecido... é tudo galinha...

Isabel:
E aí?

Renato:
A conclusão é que todas as pererecas são muito parecidas!

Isabel:
Agora eu entendi! Esse *Picasso* era inteligente, não é mesmo? Que texto tem o *Decameron!*

Renato:
Boccaccio, Isabel... Boccaccio...

Lúcia:
O Boccaccio fazia filme pornô?

Augusto:
Pelo amor de Deus, Lúcia... que filme pornô que o Boccaccio poderia ter feito... ele morreu há setecentos anos... a tua manicure formada em Oxford não te ensinou?

Isabel: (*pensativa*)
E por que perereca? Ele se referia ao animal?

Renato:
Deu, Isabel... terminou o assunto dos batráquios...

Lúcia:
Eu falei com a Lia ontem, por telefone... ela também está com medo de sair de casa... Para mim, o caos total será uma questão de dias...

Augusto:
Os hospitais estão saturados de gente com falta de ar e que necessita de cuidados respiratórios especializados, muito acima da capacidade de qualquer instituição, seja pública ou privada...

Renato:
Até mesmo em cidades ricas e modernas como Nova Iorque, as pessoas estão morrendo às centenas... Um horror...

Augusto:
Em resumo, não há dinheiro que evite a morte das vítimas da nova peste.

Lúcia: (*com medo, mas disfarçando*)
Mas aqui não! Na nossa mansão, de nove quartos e cinco suítes, nós estamos isolados e todos negativos!

Isabel:
O que dizer da impossibilidade de se realizar os velórios – os mortos da nova peste não têm nem mesmo a possibilidade de receber um adeus digno dos seus familiares e de seus entes queridos...

Lúcia: (*mudando de assunto*)
Eu convidei a Lia e o Mário... chegarão logo! Assim seremos três casais... seis pessoas... quero dizer, se o Luís não inventar de aparecer por aqui... aí seremos, infelizmente, sete... número que evoca mistério... tabus...

Isabel:
Exatamente! Na numerologia, o sete não é bom... é meio misterioso...

Lúcia: (*irônica*)
Porque o meu maridinho resolveu telefonar para o seu amiguinho de infância, o grande intelectual...

Augusto:
O Luís é meu amigo desde criança, Lúcia... chega desse assunto!

Lúcia:
Ah, tudo bem... é que o Luís, o amiguinho de infância dele, nos ensinou, quando começou a falar conosco semana passada... que há um livro de um francês... Albert Camus... não é esse o nome, Augusto?

Augusto:
Sim, Lúcia... Albert Camus... O Luís orientou uma aluna de doutorado sobre a obra deste autor...

Lúcia: (*irônica*)
Sim, o Albert Camus escreveu *A Peste,* uma peste que ele inventou e aconteceu numa cidadezinha portuária da Argélia...

Augusto:
O Luís gosta muito do Camus... Camus ganhou apenas o Prêmio Nobel...

Lúcia:
Não debocha de mim, Augusto, porque eu assumo que sou fútil e pouco letrada... não sou como certas pessoas por aí, que adoram se fazer de cultas...

Augusto:
Tudo bem, Lúcia... agrida o Luís, se isso te faz feliz... Luís e eu somos amigos há anos, desde crianças...Eu sempre me informo com o Luís, pois ele já leu tudo...

Isabel:
Como assim "ele já leu tudo"? Já leu os clássicos de autoajuda?

Augusto: (*debochando*)
Desses aí eu acho que não...

Lúcia: (*chorosa*)
Tu me consideras uma ignorante... só porque o teu amiguinho te ensinou sobre as pestes...

Augusto:
Ele somente fez uma análise sobre o que as pestes possuem em comum entre elas... só isso... e concluiu que o ser humano é o mesmo... não muda... Que as pestes servem muito para acertos de contas... há sempre os malandros de ocasião... eu já estou imaginando começarem a surgir os empresários que vendem desinfetantes, máscaras, álcool para desinfetar as mãos... os que ganham dinheiro com a desgraça alheia...

Lúcia: (*com ar de raiva, dirigindo-se para a plateia*)
Eu rezarei dez "Pai-Nossos", acenderei vinte velas, colocarei trinta galinhas com farofa e garrafas de ca-

chaça na esquina, para que o chato do Luís desista de vir para a nossa mansão com nove quartos, cinco em suíte...

(*Apaga-se a luz*)

DIA 3

(No café da manhã, na mansão na Serra)

Renato:
Lucinha! Augusto! Foi mesmo uma excelente ideia... ir para algum lugar seguro e bem longe... A mansão de vocês na Serra! Que ar puro esse da Serra! E essas casas maravilhosas! Vocês observaram que aqui não tem pobre?

Isabel:
A nossa filha mais velha, a que mora em Nova Iorque, já se mandou com o marido e os filhos para a casa de campo deles na Flórida, em Fort Lauderdale...

Lúcia:
Eu adoro a Flórida! Coisa mais chique...

Renato:
Ela me disse por telefone que a pandemia em Nova Iorque está um inferno!

Isabel:
O meu *personal trainer* me disse que assistiu a um debate pela televisão... falaram de um livro de um escritor francês... e era o mesmo assunto... peste... pandemia... Covid... não... passava-se num porto na África...

Lúcia:
Eu acho que soube desse programa... a minha manicure comentou... O pesteado? A Peste? Do Camões? Pode ser?

Isabel:
A mulher que me faz os pés me disse que era de um coitado que morreu num acidente de carro... Camus?

Augusto: (*indignado*)
A cultura desse país está nas mãos dos Institutos de Beleza...

Isabel:
Renato, foi ele – o Camus – ou foi o Camões?

Renato:
Que Camões, Isabel, pelo amor de Deus... Camões é o da *Ilíada* e da *Odisseia*! Não, não... o da *Ilíada* é o Homero... ou é o Cervantes, do *Quixote*? Eu sempre me confundo... caiu no meu vestibular... não, o Camões é o de *Os Lusíadas*... o Camus é que é o francês que o Luís falou bastante sobre a peste num porto na Argélia...

Augusto:
Em Oram... a história se passa em Oram...

Isabel:
Puxa, Renato! Tem paciência... Foi difícil esse teu raciocínio, não? Eu já fiquei até confusa...

Lúcia:
Graças a Deus que estamos na Serra! Na nossa mansão de nove quartos e cinco em suíte... Nós podemos esbanjar cultura...

Augusto: (*meio cansado da conversa com Lúcia*)
Como assim, Lúcia? Que "esbanjação" de cultura nós estamos fazendo aqui? E para um pouco de dizer "a nossa mansão", "a nossa mansão". Fica feio para nós... imagina a raiva do pessoal mais simples... os empregados... a Dona Dulce... o marido...

Lúcia: (*rindo*)
Não te preocupa, Augusto... essa gente mais simples escuta tudo, mas não entende bem... Exceto o Raulzinho... ele não... é inteligentíssimo! Quem bota minhoca na cabeça somos nós, os ricos, que sempre ficamos nos comparando... nós, os Gonçalves, o Mr. Smith – o empresário americano –, a viúva do Alencar, que enviuvou há três dias, pois a Covid matou o Alencar faz três dias...

Augusto:
Lúcia, tu não fazes o menor esforço para pareceres um ser humano normal, uma cidadã comum, de classe média...

Lúcia: (*irônica*)
Mas eu não sou de classe média, querido... quem é de classe média és tu, meu querido, és tu, que fizeste o teu *upgrade* quando te casaste comigo... eu

é que sou rica há três gerações! Meu bisavô era o Conde Olavo de Queiróz Queiróz... dois Queirózes! Ele só perdia em "chiqueseza" para os duques e as duquesas, os marqueses e as marquesas...

Augusto: (*resignado*)
Tudo bem, Condessa da puta que pariu, vamos mudar de assunto... o Luís acabou de me ligar... mandou mensagem no meu iPhone...

Isabel:
O teu é 26?

Augusto:
O meu o quê?

Isabel:
O teu iPhone... é 26?

Augusto:
É 25... Não sabia que já saiu o 26... saiu?

Renato:
iPhone 25... Mas que potência...

Isabel:
Qual é o teu, Renato?

Renato:
O meu o quê?

Isabel:
O teu iPhone...

Renato:
Qual o problema do meu iPhone?

Isabel:
Ele é 15, 20, 30, qual o tipo de iPhone que tu tens? Não me venha com menos de 25... que é coisa de pobre...

Augusto:
Vamos parar com essa conversa boba... O Luís me mandou uma mensagem, dizendo que ele vem... em cerca de uma hora, ele chegará na Serra...

Lúcia:
Esse Luís é um chato... Vamos falar do que interessa: a Lia e o Mário vêm... chegam em uma hora... Parece que ela e o Mário estão novamente juntos... ou tentando se reconciliar... mas ela me pediu sigilo... para que ninguém faça piadinhas...

Isabel:
Depois que ela fez aquele curso na República Tcheca, sobre terapia de casais, tudo com ela tem de ser dito com o maior cuidado... ela interpreta tudo...

Renato:
Ela fez um curso de "terapia de casais" na República Tcheca? Que coisa mais impressionante...

Isabel:
Ela fez a parte freudiana, que era uns seis mil euros o curso... por umas três semanas... fez depois Jung... mais dois mil e seiscentos... e por quinze dias... com o diploma, que era mais uns mil e trezentos... ela gastou eu calculei... uns treze mil, mais ou menos... e voltou da Europa diagnosticando tudo!

Lúcia:
E com um guarda-roupa novinho!

Isabel:
Ela fez também o curso de "vidas perdidas e trespassadas"? Aquele que a gente regride ao útero, depois à infância do pai e da mãe, dos avós e vai regredindo até onde der?

Augusto: (*debochando*)
Até Adão e Eva?

Isabel:
Para que debochar, Augusto? A Lia faz um trabalho seríssimo... ela segue a linha dos psicofatalistas...

Renato:
Psicofatalistas?

Isabel:
Sim... está muito na moda na França... se o paciente quer se matar, ele tem todo o direito... porque todas as experiências são extremamente válidas...

Renato:
Até se matar? E como é que o psiquiatra vai saber se o morto achou que se matar valeu a pena?

Augusto: (*debochando*)
Quer dizer que a técnica que ela aprendeu no tal curso é sobre as vidas dos pais, avós, bisavós... A pessoa volta no tempo até uns 200 anos? Eu nunca tinha escutado sobre esse tipo de especialização... imagina tu, Lúcia, tendo de regredir até a infância do teu bisavô, o Conde da puta que o pariu...

Lúcia: (*tristinha*)
Tu sempre queres me diminuir, não é, Augusto? Tu sabes muito bem que eu fiz terapia junguiana, e em grupo...

Augusto:
Eu lembro... e no teu grupo só tinha louco... a começar pelo teu primo, o Geraldinho... o único louco que eu conheci e que rasgava dinheiro...

Renato:
Rasgava dinheiro? É raro...

Augusto: (*rindo*)
E como! Eu soube pela mãe dele que a consulta custava 500 e tinha sessões em que ele rasgava 3, 4 mil reais... e o terapeuta dizia que ele devia soltar tudo para fora...em dois anos ele quase quebrou a família inteira... teve uma sessão em que ele estava falando

da relação dele com o pai, em que ele rasgou quase trinta mil reais, tudo em notas de cem reais...

Renato:
E o terapeuta não dizia nada?

Augusto:
Ao contrário, dizia: "rasga, Geraldo, rasga! Que aquele filho da puta merece!"

Renato: (*surpreso e olhando para a plateia*)
Como essas terapias evoluíram nesses últimos anos, não? Que coisa mais impressionante...

Isabel: (*surpresa*)
O Geraldinho estava no mesmo grupo que tu, Lucinha, na terapia pseudo-macro-junguiana? E como que vocês faziam – um na frente do outro – para contar os segredos de família, os traumas de infância, (*maliciosa*) as brincadeiras de mão... tu e ele...?

Lúcia:
Eu e o Geraldinho? Brincadeira de mão? Jamais... era ele e o Julinho... Os problemas do Geraldinho com a mãe dele eram exatamente iguais aos meus com o meu pai... era o mesmo complexo de inferioridade... como eu: tudo causado pela relação com meu pai, o Condinho, e com o meu bisavô, um filho da puta, desgraçado... (*querendo chorar*)

Renato:
Condinho? O apelido do teu avô era Condinho? O filho do Conde? Só pode dar merda... com essa diminuição já de saída no apelido? E a autoestima do teu avô como é que fica? Condinho... sacanagem com o coitado...

Lúcia: (*chorosa*)
Sim, o Conde, o meu bisavô, o Geraldinho tinha muito ciúme dele... o velho caçava tudo quanto era bicho... tinha uma pontaria impressionante... chegava em nosso castelo, com porco-espinho, pato, onça... o filho de uma puta daquele velho não errava tiro...

Isabel:
E daí?

Lúcia:
E daí que o Geraldinho não acerta nem bola em macaco de quermesse... e ficou complexado...

Isabel:
Mas ele conheceu o bisavô?

Lúcia:
Não... mas esses complexos freudianos não são fáceis... vão penetrando no corpo da pessoa e para sair...

Augusto:
Eu espero que vocês encerrem esse bestialógico antes do Luís chegar...

Lúcia: (*histérica*)
Por quê? Tu vais contar para o teu queridinho, na minha própria mansão de nove quartos, cinco em suítes, que eu fiz terapia junguiana e sobre os traumas que temos em nossa família por três gerações...? Por causa daquele velho nojento...

(*Escutam tocar a campainha: chegam Lia e Mário*)

Lia: (*dirigindo-se para Lúcia e Augusto*)
Oi, gente! Eu adorei a ideia de passarmos uma semana como reis e rainhas na mansão de vocês na Serra...

Lúcia:
Nós saímos da cidade porque está se criando uma atmosfera de desagregação social, de ameaça à ordem pública por lá... eu tenho medo de que comecem os saques ao patrimônio alheio... no caso, ao nosso patrimônio... só de prataria, em nossa cobertura de 1.200 metros quadrados, eu acho que temos mais de cinco milhões de dólares!

Isabel:
Renato, a Lúcia disse que só de prataria eles têm uns cinco milhões de dólares... imagine se começam a

nos roubar... com o desespero dessa gente miserável... E nós quanto tu imaginas que temos?

Lúcia: (*falando ao iPhone num canto*)
Sim, Raulzinho, traz patê de fígado de ganso... pão, leite, tu sabes do que eu gosto... mas venha de máscara e mantenha certa distância, pois eu estou com convidados e só falta dizerem que pegaram Covid de algum pobre aqui em nossa mansão...

Renato:
Sei lá, Isabel, eu acho que temos uns cinco ou seis milhões em prataria e porcelanas italianas... tu passaste a vida inteira comprando... Eu, de minha parte, compro sempre carros importados e tem de ser do ano! Imagina chegar num jantar de gente rica com um carrinho nacional?

Augusto: (*sério)*
Eu tenho medo de que comece a desobediência às leis... É o que acontece sempre nestas situações... Quando estourou o golpe de 1964, meu pai tirou tudo que tínhamos nas contas bancárias...

Mário:
Golpe? O pai de Lúcia, o General Queirozinho chama de "movimento"... eu acho um nome mais bonito, vocês não acham? Movimento de 64...

Isabel:
Movimento é mais bonito, parece o movimento das marés... das águas do mar...

Lia:
Eu acho bonitinho o nome... não acompanhei nada disso, mas concordo... eu concordo com tudo... eu aprendi com mamãe a concordar com tudo...

Mário:
Eu já saquei o que pude de nossas contas... o resto, graças a Deus, já mandei tudo para a nossa conta em Miami!

Augusto: (*olhando para a plateia*)
Os seres humanos são muito repetitivos. Cuidam sempre do seu e o resto é o resto...

Isabel:
Pelo teu raciocínio pseudojunguiano, não há evolução para a humanidade...

Augusto:
Tu queres dizer que, com essa mortandade toda, os que sobrarem vão continuar os mesmos filhos da puta de antes?

Renato:
Exatamente. Não há evolução... é só uma aparente evolução... as pessoas não mudam...

Augusto:
Eu aposto que vão... Eu li um artigo no jornal sobre a peste na Grécia, a peste em Florença, a gripe espanhola... foi tudo igual... passaram-se mil anos e continua tudo igual...

Lia:
Eu sempre achei que as pessoas aprendessem com a vida... Eu dediquei doze horas do meu curso a essa questão...

Isabel:
Doze horas ininterruptamente? Que loucura... e qual foi a tua conclusão...

Lia:
Talvez sim, talvez não.

Augusto:
Foi essa a tua conclusão depois das doze horas?

Lúcia:
Minha mãe sempre me ensinou que as pessoas são o que são, não mudam nunca. Os empregados, então, quando dão para serem ruins e traiçoeiros, são verdadeiras serpentes, podem esconder o veneno por anos, mas um dia eles nos picam e nos envenenam...

Augusto: (*meio cansado com a conversa*)
Aqui, vira e mexe, tudo é culpa do proletariado... Ne-

nhum funcionário vai te picar, Lúcia, podes ficar tranquila... até porque tu não sabes o que é trabalho...

Lúcia: (*exaltada*)
Tu vais começar a me agredir, Augusto? Só porque eu vivo das coisas que pai, vovô Condinho e o meu bisavô Queiroz Queiroz me deixou?

Lia: (*em tom professoral*)
Calma, Lúcia... todo mundo, por favor, se acalme... Puxem a respiração por uma narina, sem usar os dedos das mãos, depois pela outra... seis vezes...

Renato: (*surpreso*)
Sem tapar a narina com as mãos? Mas como que se faz então?

Lia: (*confusa*)
Com essa confusão toda eu até me perdi na técnica, sei lá... Esqueçam! Enquanto nós estivermos aqui na mansão na Serra, vamos relaxar... comer bem, beber vinhos das melhores safras... a ideia de ficarmos juntos em confinamento, eu a achei ótima!

Lúcia: (*levanta e se dirige a Augusto*)
Fala, Augusto! Pode falar! Já estás satisfeito, não? Me fez passar pelo papel de ridícula, na frente de todos! Mas diz! Confessa! Eu já sei o que está por vir dos teus lábios tão doces... sobre o Luís!

Augusto:
Sim, Lúcia. Algum problema? Eu confirmei, sim, o Luís virá... sim.... Ele virá! O coitado deve estar meio abandonado com essa pandemia... que eu saiba ele não tem mulher nenhuma com ele...

Lúcia: (*irônica*)
E homem, não?

Augusto: (*irritado*)
Mas que grosseria, Lúcia! Tu sempre dás um jeito de pôr um rótulo nas pessoas, que coisa mais chata! O Luís é um intelectual, um homem de grande valor, um professor universitário...

Lúcia:
Grande bosta... e ele é melhor do que nós? Por ser professor, ele é melhor que tu, Augusto? Aquele "pé rapado"? Tu e o Renato ganham uma fortuna por mês, sem praticamente se mexerem da poltrona... E tu, Augusto, tu, especialmente tu, tu deverias pensar! Tu és hoje um empresário, Augusto! Um grande empresário! O diretor de Projetos Sem Futuro! Te valoriza, homem! Acorda!

Augusto: (*irritado*)
Projetos Sem Futuro que continuam sempre pendentes! Porque o teu querido primo Geraldinho passa o dia inteiro fumando maconha com o pessoal da segurança da empresa e não leva nenhuma das minhas ideias adiante!

Lúcia: (*fora de si*)
Deixa o meu primo Geraldinho de fora! Eu já te pedi mil vezes! Me agrida quantas vezes tu quiseres, Augusto, mas não toca no Geraldo... ele é doente... dependente gasoso... o nosso terapeuta disse que ele não era dependente químico, era só gasoso...

Renato: (*olhando para a plateia*)
Essa história está meio estranha... coitado do Geraldinho... maconha rolando solta... acho que ela e o Geraldinho andam trepando juntos...

Augusto: (*sério, falando para Lúcia*)
Luís é meu amigo de infância, Lúcia! Mora sozinho, num apartamento pequeno... é meu amigo de toda a vida...

Lúcia: (*rindo*)
Calma, meu bem, calma... eu só fiz uma brincadeira com o teu amiguinho de infância... nada sério...

Augusto: (*mais sério*)
O Luís é uma pessoa maravilhosa... sempre foi o primeiro da turma... um homem de enorme sensibilidade...

Lúcia: (*rindo*)
Tudo bem, Augusto... traz o teu amiguinho da escola... o dono dos teus segredinhos... para passar bem na nossa mansão na Serra... com a alta burguesia... com a aristocracia...

Augusto: (*irritado*)
Quais segredinhos, Lúcia? Ele é uma pessoa sensível, erudita, vive debruçado sobre os livros... dedicado aos seus alunos da faculdade...

Lúcia:
Mas foi um subversivo, filho da puta... todo mundo sabe, menos tu...

Augusto:
Ele é apenas diferente de nós, Lúcia... gosta de se posicionar, dizer o que pensa... ele teve parentes que desapareceram na ditadura... quero dizer, (irônico) no movimento de 64... não é assim que o teu papaizinho filho da puta, o General Queirozinho, se refere ao golpe militar de 64?

Lúcia: (*irônica*)
Foi um movimento, sim! Não foi golpe! E não pronuncia mais o nome do meu pai, eu te imploro! Eu passei anos fazendo psicoterapia sensorial destrutiva indu-apache, em Machu Pichu, para me livrar de minhas memórias com esse homem e tu vens e menciona logo o nome dele! E quanto ao Luís, o teu amiguinho... ... eu sei que tu andaste cobrindo algumas dívidas dele... ajudinhas de custo...

Augusto:
Que ajuda de custo, Lúcia? Ele uma vez me pediu um dinheiro emprestado e me devolveu tudo! Queria pagar juros e eu não aceitei! E qual é o problema,

Lúcia? Ele é um intelectual... não é empresário... ele não pensa em dinheiro como tu... não tem as mesmas necessidades que nós temos... E qual o mal que haveria em um amigo ajudar outro?

Renato:
Vamos terminar com essa conversa... nós estamos aqui para comer as iguarias que trouxemos! Eu trouxe um salmão...

Augusto:
Eu gosto de convidar o Luís para ficar conosco... e já convidei, por telefone. E ele aceitou. Ficou emocionado. Eu sei lá, se acontece alguma coisa com ele nessa pandemia... sem ninguém para ajudá-lo... eu quero ter ele por perto... eu jamais me perdoaria se acontecesse alguma coisa com ele...

Lúcia: (*rindo*)
Tudo bem, minha Madre Tereza de Calcutá... tudo bem... eu ligo para o teu amiguinho, e reforço o convite, eu ligo, podes deixar... e agora vamos falar das mordomias da nossa casa – quero dizer, a nossa mansão de nove quartos e cinco em suíte –, vamos desfazer as nossas malas, colocar tudo nesses armários caríssimos e maravilhosos e começar o nosso exílio forçado na Serra!

Renato: (*sorrindo)*
É isso mesmo! Vamos preparar as melhores comidinhas, as melhores bebidinhas... e começar o nosso

exílio na mansãozinha de vocês. Mas que ideia maravilhosa... passar a pandemia comendo e bebendo na Serra... quero dizer, na mansão de nove quartos de vocês!

Lúcia: (*acrescentando*)
Cinco em suíte...

Augusto:
Parece que o Luís trará uma aluna dele... não é certo... ele me explicou que ela está escrevendo a dissertação de mestrado e ele é o orientador...

Lúcia: (*indignada*)
Ele vai trazer a aluna com ele? Em meio a essa pandemia? Ela vai contaminar todo mundo!

Augusto:
Calma, Lúcia... o Luís só quis se justificar, pelo atraso em sua chegada... eu imagino que ele não vai trazer a menina... mas parece que é uma aluna que ele respeita muito...

Isabel: (*irônica*)
Respeita muito... eu conheço estas histórias... de professor que respeita muito a sua aluna... Eles são todos iguais: só querem se aproveitar das alunas... Ah, o Professor Tavares! Que voz ele tinha! Que ombros! Que tórax! Que abdome rígido! Que pelve tinha aquele homem!...

Augusto:
Deu, Isabel... chega dessa lição de anatomia! Voltando ao tema, o Luís é uma pessoa séria... ele jamais faria qualquer coisa que não fosse correta, adequada... Ele me contou do livro que a aluna dele está estudando... uma obra do Tolstói.

Lúcia:
Obra da Tolstói? É uma nova construtora?

Augusto:
É um livro, Lúcia, pelo amor de Deus...

Lúcia:
Desculpe, eu sempre matei as aulas de literatura... (*humilhada)* eu não sou culta como tu e o teu amiguinho... mas sou uma mulher sofisticada, acostumada com os grandes hotéis e restaurantes europeus... Antes de eu me casar contigo, Augusto, eu já frequentava o Ritz, em Paris...

Augusto: (*com expressão de cansaço com Lúcia*)
Claro, Lúcia, claro... tu conheceste o Ritz muito antes... não há dúvida...

Isabel:
E o Tolstói é de que construtora mesmo?

Renato:
Pelo amor de Deus, Isabel, Tolstói é um escritor...

Liev Tolstói... Escreveu várias obras importantes... *Guerra e Paz*...

Isabel: (*surpresa*)
De onde que tu sabes o nome do livro, Renato?

Renato:
O Luís me falou, numa festa, eu acho... e quando eu era adolescente até que eu gostava um pouco de literatura...

Lia:
Tolstói é o autor de *Anna Karenina*!

Isabel:
Tutor da Ana Catarina, a filha dos donos do Banco Moreira?

Lia:
Pelo amor de Deus, Isabel! *Anna Karenina* é uma obra clássica de Liev Tolstói! Ela traiu o marido, um aristocrata importante, em plena corte russa do czar! E resolveu dar para um jovem militar, loiro, lindo, que montava no cavalo, galopava, ganhava concurso! E a *Anna Karenina* não quis nem saber do marido... foi lá e deu para o soldado!

Lúcia: (*desprezando a informação*)
O que ela fez, afinal, de tão original?

Lia:
Ela deu, Lúcia! Deu! E como deu para o soldado! E depois, no final, se jogou debaixo do trem!

Isabel:
Meu Deus... a Lia voltou transformada de Praga, com o tal diploma em "terapia de casais". Mas que apetite sexual!

Augusto: (*um pouco cansado da conversa*)
Mas como eu estava dizendo antes, o tal livro do Tolstói, do trabalho de mestrado da menina – segundo o Luís me disse por telefone – está mexendo com a cabeça da pobrezinha...

Isabel:
O do Tolstói?

Augusto:
Parece que sim...

Renato: (*surpreso*)
E que livro será esse do Tolstói que mexeu com a cabeça da pobrezinha?

Augusto:
A morte de Ivan Ilitch.

Lúcia: (*entrando na conversa*)
Seu Ivan da farmácia também morreu?

Augusto:
Não, Lúcia... não morreu... pode até morrer, mas não agora... Nós estamos falando de Ivan Ilitch... personagem de um livro do Tolstói: *A morte de Ivan Ilitch*.

Lúcia:
Como que tu memorizaste tão rápido o nome do livro? É porque foi uma recomendação do teu Luisinho?

Augusto:
Chega, Lúcia! Tu estás sempre a implicar com o Luís...

Isabel: (*despreocupada com a conversa*)
Eu nunca lembro... essa mansão tem calefação em todos os nove quartos, Lúcia? Que maravilha de casa! E como foi na praia, Lia? O Mário foi junto? A mansão de vocês na praia é lindíssima... acho que são sete suítes, não?

Lúcia:
A casa deles deve ser quase do tamanho da nossa... um luxo! Mas a nossa é maior: são nove quartos... cinco em suíte...

(*Apaga-se a luz*)

DIA 4

(Renato e Isabel conversam na sala)

Isabel:
Renato, o meu pânico é sobretudo em relação à morte... o risco de ser contaminada por alguém ou por alguma coisa ainda desconhecida. Virus desgraçado! Ninguém mais me toca ou me beija...

Renato: (*rindo*)
Nem eu?

Isabel:
Deixa de piadinhas sem graça, Renato! A cada dia que passa, do modo mais democrático possível, a peste mostra que não distingue quem serão as suas próximas vítimas. Pode ser eu ou pode ser tu!

Renato: (*triste*)
Falando nisso, esqueci de te dizer: morreu o Júnior, o teu primo de Belo Horizonte... ontem...

Isabel:
O que? O Tarcísio Júnior? E porque tu não me contaste antes, Renato? É meu primo! Sangue do meu sangue! Suor do meu suor! Saliva de minha saliva! Entranhas de minhas entranhas!

Renato:
Entranhas de tuas entranhas, Isabel? Tu vais me dizer que tu tiveste um caso com o Tarcísio Júnior, o teu primo de BH?

Isabel: (*disfarçando*)
Mas que hora para fazer esse tipo de pergunta, Renato! Não vem nem ao caso...

Renato: (*olha para a plateia, perplexo*)
Ela deu para o defunto...

Isabel: (*chorosa*)
Mais um óbito na família, Renato! E se a próxima for eu?

Renato:
Bobagem, minha querida. Eu não quis te deixar mais nervosa do que tu já estás...

Isabel:
Mas eu preciso saber, é a minha família... eu tenho de telefonar para lá imediatamente... Tia Zazá deve estar desesperada... uma mulher de mais de noventa anos...

Renato: (*cabisbaixo*)
Essa aí já foi para o céu há dois dias... A Tia Zazá zazou...

Isabel: (*em desespero*)
Morreu também, a Tia Zazá? Mas o que é isso? Que mundo é esse em que nós vivemos? Eu fiz a primeira comunhão, fui sempre à missa, desde criança... Onde anda Jesus Cristo, que deixa essa desgraça acontecer, sem fazer nada para combatê-la?

Renato:
Calma, Isabel. A ciência está aí, a medicina, temos de acreditar nas pesquisas... nas vacinas...

Isabel:
Que ciência, que vacina, coisa nenhuma? Nós vamos é morrer! Todos! Ai, meu Deus, me ajude! Ah, Deus, que Deus? Onde está Jesus, a pomba, o Espírito Santo, nesta hora, que não fazem nada para nos ajudar?

(*Entram Lúcia e Augusto*)

Lúcia: (*séria*)
Sabe o Paulinho Figueiredo, diretor daquela multinacional inglesa, a "Suck your blood"? Casado com a filha do alemão que controla o negócio do aeroporto?

Isabel:
Sei.

Lúcia:
Sabe o Romildo?

Isabel:
Sei.

Lúcia:
Sabe a mulher dele, a Aninha, da rede de supermercados Exploration?

Isabel:
Sei.

Lúcia:
Todos: mortinhos da Silva Xavier, pela Covid-19...

Isabel:
Eu vou começar a chorar... O dono do Exploration também? Eu adoro esse supermercado... cheio de produtos importados! Essa merda de vírus não poupa ninguém... parece até que implica com os ricos...

Lúcia:
Eu não sei por que, mas eu sempre tive a sensação de que nós, os milionários, teríamos uma espécie de imunidade constitutiva...

Augusto:
Imunidade constitutiva? Por ser rica? Engano teu... A mortandade é geral... Nas frações mais pobres da população, as pessoas estão sendo dizimadas aos milhares...

Lúcia:
Pelo menos o vírus é democrático... não é só nós...

Augusto:
Que horror, Lúcia... não fala esse absurdo...

Lúcia: (*dirigindo-se à Isabel e Renato*)
Ele está se referindo aos pobres, de nós, ricos, ele

não quer saber... O Augusto tem sempre essas recaídas momentâneas... como se nós não existíssemos... só as classes operárias... Querem saber como era o apelido dele, quando nós nos conhecemos, na época da faculdade?

Renato:
Qual?

Lúcia:
Tchezinho... Porque ele usava uma boininha e tinha uma barbinha crescidinha assim...

Augusto:
Lúcia, o que tem esse assunto com a nossa conversa?

Lúcia: (*com raiva, olhando para a plateia*)
Eu estou fora de mim! Vou botar para quebrar! Abrir a minha caixa de pandorga! Sabem que ele era da direção do Centro Acadêmico da Faculdade, quando eu o conheci?

Augusto: (*resignado*)
Caixa de Pandora, Lúcia... de Pandora, da mitologia grega, Lúcia, onde os deuses colocaram as desgraças do mundo... tenha a paciência... assim não dá...

Lúcia:
E o que é isso aqui que nós estamos vivendo? Essa Covid-19? A cada minuto morre alguém!

Augusto:
Calma, Lúcia! Relaxa...

Lúcia: (*apontando para Augusto*)
Eu disse que iria contar tudo, Augusto! Tudo! Depois de ele me conhecer, ele mudou... começou a almoçar no clube, em casa conosco, gostando de vinho bom... e o meu pai falando sobre investimentos com ele, oportunidades de negócios...

Augusto:
Cala um pouco a boca, Lúcia... tu sempre trazes esses assuntos quando estamos com amigos... que necessidade doentia de me provocar...

(*Entram Lia e Mário*)

Lúcia: (*disfarçando*)
Oi, Lia! E o curso em Praga? Mas que sucesso! Terapia de casais...na República Tcheca!

Mário:
E bastante turismo...

Lia:
O que é isso, Mário? Para que agredir? Fazer "contratransferência afetiva reversa contínua"?

Augusto:
Esse diagnóstico é o mais longo que eu já ouvi...

Lúcia:
Vamos mudar de conversa! Eu estou pensando nos pratos que vamos degustar...

Augusto: (*quase falando para ele mesmo*)
Nós chegamos a uma certa naturalidade... quase uma frieza... frente ao elevado número de mortos que são noticiados diariamente...

Lia:
Essas mortes nos assustam porque utilizamos um mecanismo freudiano reflexivo e introspectivo neo-palio-junguiano-ortodoxo...

Augusto:
Cruzes! Que nome mais horrível!

Lúcia:
Para de incomodar a Lia, Augusto? Estás enciumado por ela agora ser uma especialista em terapia de casais? E por trazer novas tecnologias para o país? Ela pode descobrir a cura para a depressão, para a infelicidade, para os nossos problemas emocionais... para a Covid-19...

Augusto:
É impressionante o que essa mulher é capaz de criar dentro da cabecinha minúscula que ela tem...

Lúcia:
O que foi, Augusto?

Augusto:
Nada, nada...

Lúcia:
E tu poderias parar de bancar também o bom samaritano... Porque tu sempre tens de me lembrar que eu esqueço dos pobres, que eu sou uma alienada, não é isso que tu sempre sugeres com o teu sorrisinho irônico? Eu quero te lembrar que eu, eu! Eu dei uma cesta básica para a Dona Esmeralda, uma de nossas empregadas...

Augusto:
Há quantos anos que foi isso? O Julinho não tinha terminado ainda o segundo grau... deve fazer uns quinze anos que tu deste a tal de "cesta básica" para a passadeira...

Lúcia:
Ela que, por sinal, queimou aquele meu *tailleur* de seda importada... eu não quero nem lembrar daquela incompetente!

Mário:
Eu sempre doo cestas básicas... para várias instituições e escolas populares... mas desconto dos impostos... pelas leis de incentivo... eu faço a renúncia fiscal... porque do meu bolso eu não dou... isso é responsabilidade do governo...

Isabel:
Eu também acho... o governo é que tem de resolver essas coisas... O Mário tem toda a razão... Meu amor, eu não sabia de nada... tu fazes doações de parte do imposto das tuas empresas? Mas que generosidade! Eu não sabia. Como nós somos generosos!

Mário: (*um pouco constrangido*)
Não é bem uma doação, Isabel... é uma parte dos impostos que vai para as instituições, ao invés de ir para o governo... eu diria que é uma quase generosidade.

Augusto: (*pensando alto*)
Quase generosidade... interessante esse conceito...

Isabel:
Mário, eu acho muito nobre da tua parte... as cestas básicas. Por curiosidade: eram cestas das grandes, das médias ou das pequenas?

Mário: (*meio sem jeito*)
Das pequenas, Isabel... por quê?

Isabel:
Porque as cestas grandes, as mais caras, têm lata de atum, azeitonas, azeite de oliva... coisas que pobre nem entende bem o que são... é quase um desperdício...

Augusto: (*suspira, olhando para a plateia*)
O que eu estou fazendo aqui, no meio desses loucos... (*ele explica a todos*) A renúncia fiscal é uma parte pequena dos impostos, que, ao invés de ir para o governo, é destinada à cultura... doação é outra coisa... é dar do próprio bolso, fazer mecenato, ser generoso: o que pouca gente faz... Mas a renúncia fiscal já ajuda... sem isso, a cultura ia para o brejo...

Lúcia: (*pensando alto*)
Renúncia fiscal... eu acho essa expressão tão linda... renúncia... renúncia fiscal... ela o ama, mas ela é rica e ele é pobre... ela renuncia a tudo: riqueza, conforto, para fugir com ele, dormir em albergues, passar fome e frio... que maravilha... renúncia fiscal... que expressão mais poética!... parece quase uma declaração de amor...

Augusto: (*olha para a plateia*)
Não é declaração de amor, Lúcia, é de renda... Eu acho que eu não vou aguentar esta peça teatral até o fim... é muito absurdo... (*olha para Lúcia*) Pelo amor de Deus, Lúcia, cala a tua boca...

Lúcia:
Por que tu adoras sempre me colocar no papel de bruxa, Augusto? Eu não sabia que tu és uma fundação filantrópica, que distribui os bens da nossa família para os pobres sem eu saber...

Augusto:
São pequenas ajudas, Lúcia, apoio para projetos artísticos... cestas básicas, nada que vá comprometer o teu patrimônio... Serás uma viúva bem rica, eu te garanto...

Mário:
Nesta peste, muita gente quer se refugiar na religião, mas as igrejas estão orientadas a evitar as aglomerações. As missas e os cultos foram suspensos...

Isabel:
O Mário é demais... que inteligência... que entonação da voz...

Mário:
Os religiosos fazem o que podem pelos menos assistidos, organizando coletas de alimentos, de roupas e de dinheiro...

Isabel:
Que jeito de dizer as coisas que o Mário tem....

Mário:
Há sempre aqueles que, nestas horas, insistem em ficar mais próximos de Deus... O padre me disse que é tudo culpa dos infiéis... somos pecadores, porque esquecemos a igreja...

Isabel:
O Mário é a cultura em pessoa...

Augusto:
Eu acho que vou ter um mal súbito...

Lúcia: (*querendo alegria a todos*)
Graças a Deus que estamos todos juntos! Em nossa mansão de nove quartos e cinco suítes na Serra! O nosso grupinho de sempre! Todos foram orientados a fazer o novo teste... do que eu sei, estamos todos negativos e negativos continuaremos, se Deus quiser!

Lia:
Afinal, nós temos essa mansão maravilhosa, entre as árvores, num bosque que não pode ser mais lindo! Eu acho incrível o diálogo que há entre as folhas das árvores, os pássaros, e as porcelanas da decoração de mansão da Lúcia... Cada móvel, cada maçaneta das portas, dos quartos, dos banheiros, parece dialogar com os nossos sentimentos, nossas frustrações freudianas e não freudianas....

Mário: (*ironizando*)
Profunda essa... a da maçaneta...

Lia:
É que, na nova visão junguiana pós-contemporânea retroativa, as nossas fantasias dialogam com tudo, pode ser a mobília, a geladeira, os ovos, a manteiga, tudo dialoga com os nossos sentimentos: até os repolhos da cozinha...

Mário:
Que maravilha... esse curso em Praga deve ter sido uma loucura...

Lia:
Lúcia, todos na sociedade comentam que a tua mansão é a mais sofisticada da Serra!

Isabel:
São quantos hectares de mato nativo, Lúcia? Quantos mesmo?

Lúcia:
São 48,7 hectares, Augusto?

Augusto: (*cansado da conversa boba*)
Sim, 48,7...

Renato:
O hectare nessa região vale uma fortuna, não é, Augusto?

Augusto: (*cansado*)
Sim, vale uma fortuna...

Isabel: (*falando sozinha*)
Nós ficaremos isolados e retornaremos quando essa peste passar! Uma semaninha livre de tudo!

Lúcia:
Como no *Decameron,* de Picasso!

Augusto:
Boccaccio, Lúcia... pelo amor de Deus!

Lia:
Calma, Augusto, calma, foi só um errinho básico...

Renato:
Falando nisso, e o Luís, quando chega?

Lúcia: (*com desprezo*)
A qualquer minuto... a sabedoria adentrará a nossa mansão, para nos ensinar literatura...

Mário:
Houve pestes na história que duraram meses, mudaram de lugar, a do século XIV, matou metade da Europa...

Isabel:
Para com isso, Mário! Mas que conversa mais mórbida! Uma semana isolados aqui, comendo e bebendo só coisas boas, e aumentará a nossa imunidade relativa do ar...

Augusto:
Imunidade relativa do ar?

Isabel:
Foi a Lia que me ensinou essa expressão...

Augusto: (*triste*)
Me ligaram há pouco... Lúcia, morreu o nosso vizinho do trigésimo quinto andar do nosso prédio, na cidade. O que é dono daquela rede de empresas de aluguéis de automóveis...

Lúcia:
O quê? Morreu de Covid também? Que pena... o nosso vizinho da cidade, de nosso edifício... um apartamento por andar, 1.200 metros quadrados... piscina térmica no apartamento... (*pensa alto*) E agora... vamos ter reunião de condomínio, teremos de escolher outro síndico... vai acabar sobrando para nós...

Augusto:
Para de falar essas coisas, Lúcia! Tu não tens um pingo de solidariedade e de autocrítica? O cara morreu... nosso vizinho...

Mário:
Sejamos otimistas! Nós sobreviveremos! Daremos um jeito! Comeremos mais caviar, salmão norueguês, beberemos mais vinhos!

Isabel:
Que homem mais sensato! Que líder nato! E sempre atento à boa culinária...

(*Ouve-se o motor de um carro*)

Lúcia:
Acho que os vizinhos também chegaram... na mansão do terreno ao lado! Eles são riquíssimos...

Isabel:
Eu acho os dois chiquérrimos! As meias dele são sempre de cores que combinam com a camisa... mesmo depois da separação, eles continuam amigos... ela me falou horrores dele, dormiu até com um amigo do filho deles...

Lúcia:
Não conta, Isabel... eu te pedi segredo...

Lia:
Eu estou adorando que eles também vieram passar a pandemia na Serra! Eles são muito chiques!

Isabel:
Eu trouxe duas lasanhas prontas! É só descongelar! São daquela *chef* de São Paulo... nós compramos um estoque para deixar congelado, em nossa volta da Suíça, lembra Lúcia, eu comentei contigo na aula de golfe?

Renato:
Nossa volta? Eu não fui contigo para a Suíça... deves ter ido com alguém misterioso que eu desconheço... eu estava esquiando no Chile com os Vergueiro, gen-

te muito chique... esquiar e tomar vinho chileno... que vida mais maravilhosa!

Lia: (*assustada, desliga o iPhone*)
Morreu a Paula, aquela chata, a mulher do novo executivo da Companhia das Energias Nunca Renováveis...

Renato: (*assustado*)
Morreu? O daquela multinacional que se instalou há pouco no país? Que horror! (*muda de assunto*) E o Luís? Ele não vem?

Lia:
Eu preferiria que ele não viesse... mas já que é convidado do Augusto e da Lúcia... os donos da casa... tudo bem. O Luís, coitadinho, vem sempre com aquela conversa de classe média... porque essa história de discutir política, filosofia, literatura... isso para mim é coisa de classe média...

Renato:
O Luís não faz mal a ninguém... Ele conversou muito comigo num dos jantares do Augusto... falou coisas até surpreendentes para mim...

Lúcia: (*com desdém*)
Como o quê, por exemplo?

Renato:
Eu mencionei que convidamos um americano para

falar sobre Adam Smith, para os clientes do escritório...

Isabel:
Quem é esse Adam Smith? É da Avenida Faria Lima, em São Paulo?

Renato:
Nada disso... Adam Smith foi um filósofo, professor e economista escocês do século XVIII. Ele ficou conhecido como o "pai do capitalismo". Um grande representante do liberalismo econômico. Escreveu *A riqueza das nações*, a bíblia dos economistas...

Lúcia:
E o que tem o Luís com esse Smith...?

Renato:
Nesse livro, Adam Smith crítica a economia da sua época, defendendo alternativas para o caminho da prosperidade econômica: a tal "mão invisível" do mercado...

Lúcia: (*sensual*)
Mão invisível? Parece coisa de filme pornográfico... a pessoa deitada na cama de costas, com os olhos vendados, e aquela mão invisível começa a descer... derramando um líquido viscoso nas costas da pessoa...

Augusto:
Lúcia, pelo amor de Deus, para...

Lúcia:
E o Luís, esquerdinha como ele é, concordou contigo sobre esse tal Smith ou tentou te convencer de que o comunismo é a solução...?

Renato:
Sabe que eu até simpatizo com o Luís... ele me alertou que o Adam Smith dizia que para a sociedade se manter saudável, o excedente de riqueza deveria ser aplicado no bem-estar de todos... dos trabalhadores e investindo em educação, saúde... E isso eu confesso que não sabia...

Isabel:
Bem-estar de todos? Esses preguiçosos que vão trabalhar e parem de incomodar...

Mário:
A Isabel é tão objetiva... Sabe que eu fui checar essa história pelo meu iPhone e parece que o Luís tinha razão... o pessoal acabou deturpando o pensamento do Adam Smith...

Augusto:
O Luís foi meu colega de escola... sempre foi muito estudioso... tirou um dos primeiros lugares no vestibular, é professor na Faculdade de Letras...

Lúcia:
Sempre morou em apartamento alugado...

Augusto:
Ele nunca ganhou dinheiro suficiente para isso, Lúcia... é professor... uma pessoa digna... eu tenho muito respeito por ele...

Lúcia:
Ah, o Luís, o Luís... Parece que ele está sempre julgando o meu jeito de ser... com o seu olhar... as frases rebuscadas que ele utiliza... parece que está sempre me chamando de ignorante...

Augusto:
Lúcia, o Luís nunca te disse nada que não fosse educado e cheio de doçura. Tu sempre fazes grosserias para ele, e o coitado releva... ele é sempre tão gentil contigo...

Renato:
Parece que ele está sempre lendo bons livros... O problema é que, sem querer, ele nos deixa culpados por não lermos bons livros também... parece que a gente só pensa em dinheiro...

Isabel:
E não é verdade?

Mário:
A Isabel e seu pragmatismo...

Renato:
É porque a sensação de ignorância causa desconforto nas pessoas...

Lúcia:
Tu estás me chamando de ignorante? Ou melhor, tu estás chamando a todos nós – menos o Augusto – de ignorantes?

Renato:
Não é nada pessoal, Lucinha, calma, é que nós somos meio estranhos a esse mundo dos livros...

Mário:
Eu assumo tranquilamente a minha ignorância nesses temas literários, artísticos, culturais... eu me interesso mais pelos mercados, bolsa de valores... dinheiro!

Isabel:
Eu também procuro me informar, acompanho o blogue da Joana...

Augusto:
O blogue de fofocas da sociedade daquela Joana Souza Passos? Aquela merda é a tua fonte de cultura?

Lúcia:
Cruzes, Augusto! Que agressividade... Eu acho que tu deverias fazer urgentemente uma terapia com a Lia...

Isabel:
Deixem para lá... O coitado do Luís deve estar louco para vir aqui e encher o estômago de comida refinada... esses intelectuais só comem em padarias... sanduíche com cerveja e um quindim de sobremesa, que tem bastante calorias...

Lúcia:
Para mim, o Luís só faz pose de intelectual... eu tenho cá as minhas suspeitas de que é tudo mentira... É pura pose para nos impressionar.

Lia:
Mas valerá a pena, até para nos distrairmos com ele, enquanto essa peste não se acalma...

Lúcia: (*sorrindo*)

Mas valerá a pena?

Mário: (*olha para a plateia e depois declama com sotaque português*)
Acho que o autor desta peça é obcecado por Fernando Pessoa... "Mas valeu a pena? Tudo vale a pena, se a alma não é pequena"... De quem é essa poesia? Ah, Ah! Ninguém sabe, só eu... aprendi na última viagem para Lisboa... fomos num restaurante comer bacalhau e o garçom começou a falar que ali, no passado, almoçava muitas vezes um poeta português famoso, chamado Fernando Pessoa...

Isabel:
Interessante... nunca ouvi falar dele... É novo?

Augusto: (*ar cansado*)
Não, Isabel. É um grande poeta português... ele faleceu há décadas... um poeta maravilhoso... Leia "Mar Salgado", que tu vais adorar...

Isabel: (*chorosa*)
Eu sempre passo recibo de ignorante. Eu acho que os psiquiatras me olham sempre com olhos críticos, como se eles fossem juízes do mundo... menos a Lia, a nossa especialista em psicanálise freudiana retroativa... é esse o nome, Lia?

Lia:
Mais ou menos.

Augusto:
Mas que assunto é esse, Isabel, eu sempre soube que a tua terapeuta te ajudou muito, quando tu precisaste, não foi?

Lúcia: (*contrariada*)
Augusto, eu te falei mil vezes para tu não falares sobre isto em público! Eu te disse que era um segredo da Isabel...

Isabel: (*olhando para Lúcia*)
Traidora...

Lia:
Isabel, deixa isso para lá, é um sentimento comum esse teu... as pessoas não gostam de dizer que se tratam com psiquiatra... é tão natural...

Lúcia: (*revoltada*)
Eu não sou louca! Eu não me trato com ninguém! Acabou! Só fiz terapia de vidas passadas e de vidas mal vividas... Acabou esse assunto! Eu estou na minha casa... na minha mansão de nove quartos, com cinco em suíte, na Serra, por amor de Deus... parem com esse assunto... Lia, por favor!

Lia: (*fungando*)
Tudo bem, tudo bem... encerrado o assunto...

Isabel:
Eu quero informar a todos que eu já deixei um vinho tinto aberto, respirando, para que vocês degustem, vocês verão que ele harmoniza perfeitamente com o "*fondue*" que serviremos no nosso jantar de hoje...

Renato:
A piscina olímpica está aquecida, Lucinha?

Lúcia:
É claro! Dona Dulce e seu marido continuam trabalhando para nós, sem falhar um dia... Coitados... morreram vários parentes deles devido a essa peste... gente dos vilarejos das imediações.

O marido é um namorador... vive traindo a coitada... eu não entendo... uma mulher bonita... um corpo bem torneado... Mas eles continuam nos servindo... como sempre... não falham! Aquecimento da piscina, limpeza da casa, dos banheiros, das prateleiras... cuidam de tudo!

Isabel:
Eu notei o brilho da tua prataria... é impressionante a dedicação destes teus empregados...

Lúcia:
Dona Dulce? A senhora está aí? Não... (*sussurra para Isabel*) Para evitar contaminações, eles fazem tudo a uma certa distância... Quem me traz tudo do supermercado é o Raulzinho, um ótimo rapaz...

Augusto:
Os tempos mudam, mas mesmo nas grandes catástrofes há sempre aqueles que trabalham para os outros...

(*Apaga-se a luz*)

DIA 5

(*Luís chega à mansão*)

Luís: (*sorrindo*)
Olá, pessoal! Um abraço - de longe - a todos! Que bom rever vocês! Eu vou deixar a minha mala no quarto e já retorno... com licença...

Mário: (*debochando de Luís*)
Ele é sempre tão educado?

Lia:
Sempre educadíssimo...

Mário:
Eu contei para vocês que quando nós estivemos em Paris, Lia e eu, quando estávamos juntos, há poucos meses, caminhávamos perto da Place Vendôme, olhando uns relógios finíssimos numa vitrine... quando escutamos uma música linda... uma destas músicas clássicas...

Lia:
Eu parei e fiquei escutando e era um rapazinho, acho que haitiano... com um gravador ... tocando aquela música linda...

Augusto: (*olhando para a plateia*)
Nossa orquestra sinfônica toca concertos maravilhosos todos os sábados e a "gente fina" nunca vai prestigiar. Mas se ouvem qualquer bosta em Paris, acham maravilhoso...

Isabel:
Paris é Paris! Parece que me comovo mais em Paris...

Mário:
Aqui em nossa cidade não acontece nada... A gente precisa pegar um avião na executiva para sentir certas coisas, vocês não acham?

Isabel:
Sem dúvida...

Augusto: (*dirigindo-se à plateia*)
Há várias peças teatrais, concertos, recitais, shows musicais... na cidade, mas eles não valorizam... parece que aqui nada acontece... só em Paris...

Renato: (*pensativo*)
Eu acho que deve haver coisa boa por aqui... eu lembro que anos atrás eu frequentava bons teatros, cinemas, shows...

(*Eles escutam um barulho de automóvel)*

Lúcia:
Eu acho que é o Raulzinho com as comidas que eu encomendei – do melhor restaurante francês da Serra! Eu tenho a certeza de que o Mário e o Renato vão adorar um patê de *foie gras* delicioso que eu comprei...

Lia: (*triste*)
Pessoal! Eu não consigo me conter... tenho que compartilhar essa notícia com vocês... me ligaram agora, no meu iPhone 29, a minha secretária do consultório pegou Covid... não veio trabalhar por três dias...

Lúcia:
Vinte e nove? Já saiu essa versão?

Isabel:
A tua empregada está muito grave?

Lia:
Sabe que eu nem sei bem como ela está... eu deveria ter telefonado, para saber como ela está... eu vou esperar que ela retorne ao trabalho e então eu perguntarei...

Isabel:
E se ela morrer antes?

Mário:
Meu Deus, eu esqueci de te avisar... o filho dela telefonou... estava desesperado... eu esqueci completamente de te avisar, Lia. Parece que ela estava com muita falta de ar... estavam procurando um posto de saúde... eu me esqueci completamente do assunto...

Lia:
Ele ligou no teu iPhone?

Mário:
Sim. Ele me pediu um dinheiro adiantado do salário da mãe, pois precisavam tomar um táxi para levá-la para atendimento... com esse assunto de trazer os vinhos para cá, esqueci completamente do rapaz...

Lúcia:
Mas vamos falar de coisas boas, pessoal! O jantar de hoje vai ser uma delícia!

Lia:
Eu não iria comentar, mas os sapatos que a Virgínia escolheu... não me pareceram bem com aquela cor de tecido do vestido... Eu teria comprado um sapato com o salto um pouco maior e em tom mais bege...

Lúcia:
Bege? Negativo, minha querida... eu escolheria algo mais forte... um tom mais avermelhado, para combinar com os detalhes do vestido...

Augusto: (dirigindo-se à plateia)
Lembrei de "Em busca do tempo perdido", do Proust... quando Swann vai contar ao amigo, o Duque de Guermantes, que ele está morrendo de câncer...e o desgraçado do duque parece mais preocupado em combinar os sapatos vermelhos da duquesa com a cor vermelha de seu vestido... lembram?

Mário:
Lia, tu não vais ligar para o filho da empregada? A mulher deve estar muito mal...

(*Entra Luís*)
Luís:
E como estão todos? Eu gostei muito quando recebi a mensagem para vir para cá e encontrar com vocês... as coisas estão de mal a pior na cidade... Quando o Augusto me ligou, convidando, eu fiquei muito feliz. Trouxe uns figos, que eu ganhei de um aluno da faculdade... (*oferece os figos na caixa*)

Lia: (*com deboche*)
Um aluno, Luís? Aluno de mestrado ou de doutorado? Ele está fazendo uma tese sob a tua orientação? Figos... Que chique...

Luís: (*triste e desconcertado, sentindo o deboche de Lia*)
Sim, é uma linda dissertação, de uma de minhas alunas de mestrado, sobre *A morte de Ivan Ilitch,* do Liev Tolstói.

Lúcia: (*cochichando para Isabel, que está temperando o javali do jantar*)
Lá vem ele com as literaturas... não dá para aguentar o Luís... ele me tira completamente a energia...

Luís:
Na cidade, está tudo simplesmente parado... não há ninguém nas ruas... somente alguns coitados que

não têm para onde ir... as pessoas morrendo nas macas... nem chegam a receber atendimento!

Lúcia:
Isabel, passe-me a pimenta do reino! Aquela que está na prateleira de cima do fogão... sim, do pequeno, não o de dezoito bocas! Esse molho de frutas negras vai ficar maravilhoso com o javali...

Renato:
O Robertinho se separou da Lurdinha, é verdade? E morre de Covid logo depois...

Lúcia:
O javali está pronto! Todos para a mesa! Augusto, o vinho está aberto?

Augusto:
É um trabalho interessante, o da tua aluna, Luís?

Luís:
Sim, muito! É sobre *A morte de Ivan Ilitch*, do Tolstói. Uma grande obra. Descreve toda a trajetória de vida de uma pessoa que morre... e o narrador descreve toda a sua vida e a sua morte.

Augusto:
Todo o livro é sobre a morte de uma pessoa?

(*Todos passam a escutar a conversa dos dois*, disfarçadamente)

Luís:
Sim. O narrador começa descrevendo os juízes no trabalho normal da corte e um deles lê a notícia sobre a morte de Ivan Ilitch, um importante juiz, colega deles. Passa-se na Rússia. É do Liev Tolstói.

Augusto:
O tal Ivan Ilitch é a pessoa que morre? E o narrador conta o que acontece?

Luís:
Sim, é um livro muito impactante. O narrador descreve o que foi a vida de uma pessoa, a partir da sua morte... a personagem central é um juiz, Ivan Ilitch, e, ao ver a sua própria vida em retrospectiva, ele se dá conta de que ela foi superficial... sem amor, sem amigos verdadeiros...

Lúcia: (*piscando o olho com deboche para Isabel e Lia*)
Impactante, mas não na hora de nosso delicioso jantar... nós não vamos falar de literatura... primeiro a degustação dos vinhos com esse maravilhoso javali, com molho de frutas negras, não é mesmo?

Luís:
Claro, Lúcia! Tens toda a razão... Eu só respondi à pergunta de Augusto... peço desculpas por ter sido inconveniente...

Renato:
Isabel, querida, tu estas usando novamente o vestido que eu te pedi para não vestir... tu sabes que eu implico com esse vestido e tu sabes por que...

Isabel:
Esse homem está sempre cuidando o que eu visto! Quando nós fomos visitar a minha tia, Renato me disse: "Faças o favorzinho de não usar aquele teu sapato preto de salto enorme, que te deixa mais alta do que eu! Eu acho horrível um homem mais baixo que a mulher..."

Augusto: (*rindo*)
Eu não sabia que tu te preocupavas com as roupas da tua mulher... e com a tua altura, Renato...

(*O telefone de Luís toca; ele se levanta e vai responder num canto da sala, para não perturbar os demais, mas todos ficam com o ouvido atento a sua conversa*)

Luís:
Oi, Carminha! Tudo bem? Não, não... é exatamente isso... teu pensamento está correto. o narrador é quem descreve a vida dele, a partir de sua morte... sim, a narrativa é a partir da perspectiva do narrador sobre a vida da personagem do Ivan... Sim, exatamente! Ele, Ivan, passa a se confrontar com a vida medíocre que teve... exatamente... as coisas fúteis, puramente materiais... isso... troca aquele parágrafo e desenvolve estes aspectos...

(*Todos se olham, meio curiosos, com o assunto do Luís. Ele continua*)

Exatamente, Carminha. Ivan Ilitch é o que se pode chamar de homem medíocre. Nasce numa família com um pai que era um oficial em vários ministérios durante a vida, uma mãe pouco referida no livro e três filhos... O mais velho era frio como o pai, o filho do meio era Ivan Ilitch, e o mais novo era o mais rebelde...

Lúcia:
Querem sobremesa?

Isabel: (*tentando escutar a conversa de Luís*)
Fala mais baixo, Lúcia...

Luís:
Ivan conclui seus estudos muito bem. Era um rapaz equilibrado, queria passar a imagem de bom homem, atento aos seus deveres, um pouco boêmio, e logo consegue entrar no serviço público... É ajudado pelo pai, depois de algum tempo, consegue promoções e sobe na hierarquia... Ele se sente um pouco superior aos colegas... Ivan se casa, não por amor, mas porque não faria mal se casar... a mulher era bonita, inteligente, rica...

Lúcia:
E isso é assunto, Luís, para falar na hora que eu estou servindo o javali! A vida do Ivan?

Luís: (*envergonhado*)
Desculpe, Lúcia... Carminha, eu tenho de desligar... eu ligo amanhã, OK? Um abraço.

Augusto: (*constrangido com a atitude de Lúcia*)
Gente, tem bastante salada... este queijo de Parma eu comprei em nossa última viagem à Itália com os Pestana... (*dirige-se a Luís, meio constrangido e tentando disfarçar*) Luís, desculpe-me, como é mesmo a história desse livro? O da morte do Ivan...

Luís:
A morte de Ivan Ilitch, de Liev Tolstói... ele é um juiz, na Rússia. É a história de um homem que passa a vida inteira de modo fútil...

Augusto:
Conta mais...

Luís:
Não atrapalho?

Augusto:
Não, conta, por favor...

Luís:
Ao longo de sua doença e até a sua morte, ele descobre como perdeu tempo com coisas superficiais... E a história... é contada de trás para frente... a partir da morte dele...

Lúcia: (*tentando mudar de assunto*)
Eu tenho encantos por sapatos e bolsas italianas...

Renato:
Eu pesquisei na internet, enquanto o Luís falava ao telefone, para saber melhor sobre essa história de *A morte de Ivan Ilitch*...

Lúcia:
Ah, tu foste também pesquisar sobre o livro na internet?

Renato:
Sim, fui pesquisar sim. (*rindo)* E por sinal, o Tolstói era um filhinho de papai... era um aristocrata!

Augusto:
Dizem que quando jovem ele botou um monte de dinheiro fora em jogatinas. E depois se casou por interesse e vivia às turras com a mulher!

Renato:
Lá pelas tantas, o Tolstói foi embora num trem, meio sem rumo, e acabou criando uma espécie de seita... numa fazenda no meio do nada... quis esquecer o seu mundo e viver de fazer filosofia sobre a vida... a mulher dele queria matá-lo...

Luís:
É isso mesmo. Tolstói teve uma crise existencial, deu-se conta de que o valor que havia dado ao dinheiro,

às coisas materiais e às aparências, havia sido um erro... ele começou a distribuir o dinheiro da família e depois foi embora, abandonou a família e virou uma espécie de guru! Um "Antônio Conselheiro" russo...

Lúcia:
"Antônio Conselheiro" russo? Agora eu boiei de vez...

Luís:
Sim, ele decide abrir mão de seus bens materiais... doa quase tudo... começa a ter problemas com a mulher e com a família... a herança... e acaba morrendo numa parada de trem... depois de abandonar tudo e virar uma espécie de monge...

Lúcia:
Que assunto mais chato... Vamos provar a comida e tomar uma taça de champanhe... e comemorar que estamos vivos...

Renato:
Como é mesmo o livro, Luís?

Luís:
Ivan chega à conclusão de que a sua vida foi construída com base em relacionamentos superficiais, movidos puramente por interesses, ele não tinha um casamento feliz... tudo girava em torno de interesses materiais... ele não amava a mulher, não tinha amigos verdadeiros, até com os filhos a sua relação

não era verdadeira... a vida dele era o que se poderia chamar de uma vida sem um sentido mais profundo...

Renato:
Sério?

Luís:
Ele repensa as suas amizades e vê que não eram amizades verdadeiras, eram relacionamentos superficiais, baseados em interesses... a única pessoa que ele realmente sente que tem carinho verdadeiro por ele é o seu servo, Gerassim, que cuida dele durante a sua doença, alimenta-o, faz a sua higiene pessoal...

Isabel:
Sério?

Luís:
Ivan Ilitch até diz a Gerassim que ficava constrangido pelo fato de que ele fazia a sua higiene pessoal, mudava-o de posição, quando ele tinha dor... mas o servo responde que ele ficasse tranquilo, pois ele fazia aquilo com prazer e que um dia alguém faria o mesmo por ele... era algo de um ser humano para outro ser humano...

Isabel:
Bonita essa parte... E ele era um bom juiz?

Luís:
Era um juiz correto, burocrático... mas sabia do poder que tinha em suas mãos... um juiz pode condenar uma pessoa e mudar para sempre o seu destino...

Lia:
Como assim?

Luís:
Ele tinha um prazer um tanto sádico de identificar pessoas, muitas vezes poderosas, e criar alguma situação jurídica que os deixasse preocupados... Ivan sabia e usava de seu poder...

Renato:
Que horror... eu acho que conheci gente assim...

Lúcia:
Um brinde! Todos levantem as suas taças! Quem quer mais champanhe? E vinho?

Lia:
Santé!

Isabel:
Alla salute!

Lúcia: (*olhando para Augusto e debochando de Luís*)
Zazdorovie! Uma homenagem ao Luís... o nosso vermelhinho da mesa...

(Todos riem e continuam a comer)

(A cena seguinte acontece no meio da noite. Luís está sozinho na sala, somente com a luz de um abajur, fazendo anotações)

Isabel: (*de pijamas, com cara de sono; meio sem jeito*)
Oi, tudo bem, Luís? Tu estás acordado a essa hora?

Luís:
Sim, estou trabalhando... fazendo algumas anotações...

Isabel:
Como anda a dissertação da tua aluna, tudo bem? Eu acho que tive um pesadelo... depois não consegui pegar mais no sono...

Luís:
Se eu fiz algum ruído e te acordei, mil desculpas...

Isabel:
Não, não foi isso...

Luís:
O que foi, então? Algum fantasma?

Isabel:
Não... acho que foi o Ivan...

Luís:
Que Ivan?

Isabel:
O Ivan Ilitch... não esse o nome dele? Da personagem do livro do Tolstói?

Luís:
Sim, o título é *A morte de Ivan Ilitch*. Tu tiveste um pesadelo com o Ivan Ilitch?

Isabel:
Eu acho que sonhei algo que tinha que ver com uns juízes, que julgavam um caso... eu era acusada sei lá de que... e alguém lê no jornal que o juiz Ivan Ilitch havia falecido...

Luís:
E depois?

Isabel:
Eu ficava olhando para eles, meio desapontada... eles comentavam um pouco tristes sobre a morte de Ivan Ilitch, mas logo depois começaram a falar com frieza, sobre quem o substituiria no seu cargo... e como ficariam os cargos dos demais...

Luís:
A narrativa do livro é bem assim...

Isabel:
Eu achei a reação dos amigos dele tão fria... tão burocrática... tão sem afeto...

Luís:
É exatamente isso que Tolstói quis descrever... a superficialidade dos relacionamentos nas vidas de muitas pessoas...

Isabel: (*meio triste*)
É... e depois... a vida medíocre que ele levava com a esposa... sem amor... sem cumplicidade... só se preocupavam com decorar a casa... comprar objetos... parecia não haver paixão entre eles... era uma vida horrível... só de interesses...

Luís:
Pois foi justamente esse aspecto que tu mencionaste que a obra nos traz.

Isabel:
Entendi. Boa noite, Luís. Eu vou para o quarto tentar dormir.

Luís:
Bom descanso, Isabel.

(*Entra Lúcia*)

Lúcia:
Olá... Ah, és tu, Luís? Eu achei que tivesse escutado conversas na sala, no meio da noite, e vim dar uma olhada... Tudo bem contigo, Luís, gostaste do javali com molho de frutas negras?

Luís:
Gostei, gostei muito, Lúcia, muita gentileza tua me convidar para ficar com vocês aqui na Serra... está me fazendo muito bem... essa pandemia, as mortes estavam me deixando muito deprimido...

Lúcia:
Luís, me desculpe as grosserias... eu sou uma merda mesmo...

Luís:
Esquece, Lúcia! Eu estou muito feliz e honrado de estar aqui com vocês...

Lúcia:
No livro, Luís, o narrador vai contando, então, como era a vida do Ivan, como se fosse uma retrospectiva da existência dele... é isso, não?

Luís:
Sim, Lúcia, sim. Exatamente isso.

Lúcia:
E a Praskóvia Fiodorovna, logo depois que o marido morre, fica mais preocupada com o valor da pensão que ela iria receber do governo pela morte do Ivan, do que com o fato de ela ter perdido o marido, não?

Luís: (*surpreso*)
Eu não fazia a menor ideia de que tu já conhecias essa obra e que tu tinhas lido algo do Tolstói... Tu sa-

bes até o nome da esposa do Ivan Ilitch... a Praskóvia Fiodorovna...

Lúcia:
Não... eu não havia lido a obra... aliás, eu não tenho lido nada há muito tempo... praticamente a vida toda...

Luís:
Como assim, Lúcia? E como tu sabes o nome da esposa do Ivan Ilitch, do livro?

Lúcia:
Eu conheci a personagem da Praskóvia Fiodorovna essa noite...

Luís:
Essa noite?

Lúcia:
Sim... eu não consegui dormir direito, sei lá, e pelo meu iPhone, eu baixei o livro... hoje é tão fácil baixar um livro pela internet... e eu li o livro inteiro durante a noite...não consegui parar de ler...

Luís:
Inteiro?

Lúcia:
Sim... eu não consegui parar de lê-lo... a história é impressionante... que descrição incrível de uma vida sem sentido... uma vida medíocre... desculpe-me...

Luís:
Desculpar o quê, Lúcia?

Lúcia:
Desculpe-me, mas eu entendi que, no final da vida, Ivan reconhece somente no seu criado uma relação humana um pouco mais digna... com mais afeto verdadeiro...

Luís:
Tens razão, Lúcia... é exatamente isso... Tu captaste muito bem a essência do livro... o servo de Ivan é provavelmente o único ser humano com quem ele teve uma relação verdadeira, que valesse a pena...

Lúcia:
Triste isso, não?

Luís:
Triste o quê, Lúcia?

Lúcia:
A pessoa ter uma relação verdadeira com apenas uma pessoa... o seu servo... que vida de merda seria essa a do Ivan Ilitch, não?

Luís:
Sim e não. A essência da obra é trazer uma reflexão sobre o sentido da vida que as pessoas levam, as suas escolhas, o que elas valorizam... Trata-se tam-

bém da vida de alguém que fica doente, as relações com a família, os médicos, as expectativas...

Lúcia:
Pode ser até alguém que entende melhor a vida e a morte, quando ela chega...

Luís:
Tens razão... poderia se dizer que ao morrer, ele faz as pazes com a vida...

Lúcia:
Tomara as pessoas pudessem fazer as pazes com a vida em algum momento, não?

Luís:
Eu acho...

Lúcia:
O amor daquele servo pode ter produzido um efeito muito bom na vida do Ivan... pelo fato de ser um carinho verdadeiro, em meio a uma vida de mentiras...

Luís:
Pegaste muito bem o sentido da obra, Lúcia.

Lúcia: (*meio tristonha*)
Um beijo, Luís... boa noite... vou ver se durmo um pouquinho...

(Apaga-se a luz)

DIA 6

(*No café da manhã; Augusto está sozinho e encontra Lia*)

Augusto:
Bom dia, Lia! Tive uma noite de sono pesado... não sei se foi o vinho. Foi uma noite difícil... tive vontade de te ver...

Lia:
Não começa, Augusto. Eu passei a noite pensando em meu pai...

Augusto:
No teu pai? O professor faleceu há uns dez anos, não? Eu lembro bem dele... Era professor da universidade, não? Terapeuta, como tu, não?

Lia:
Era. Ele deu aula na Faculdade de Medicina por muito tempo...

Augusto:
Eu lembro que certa vez ele me procurou... queria o telefone de um tio da Lúcia, que era médico também e coordenava uma comissão sei lá de que... Ah, lembrei: ele era o coordenador de uma comissão que fazia os editais de concursos dos professores da Faculdade de Medicina...

Lia:
Não me surpreende...

Augusto:
Não te surpreende o quê?

Lia:
Ele ter feito uma ligação telefônica para ti, para pedir o número de alguém poderoso na universidade... para fazer alguma "ação entre amigos", ele adorava fazer isso... o tio da Lúcia era um professor muito influente... alguma coisa o meu pai estava armando...

Augusto:
Desculpe-me, Lia, mas eu estou te achando um pouco estranha... foi o excesso de vinho tinto de ontem à noite?

Lia:
Não, não é nada... eu agora, depois de velha, acho que regredi um pouco... e estou escutando com a orelha na porta dos outros...

Augusto:
Escutando o que e na porta de quem, Lia?

Lia:
Tu sabes guardar segredos?

Augusto:
Sim, claro!

Lia:
Eu tenho até vergonha de te dizer isso, mas eu ontem

à noite eu me despedi de todos e fui para o quarto... mas não sei por que, não consegui pegar no sono... fiquei com aquela história do livro do Tolstói, que o Luís comentou... que a sua aluna de mestrado está estudando... aquela história de levar uma vida medíocre... e ver a própria vida, ao longo de uma doença fatal... acho que me perturbou um pouco...

Augusto:
Sério, Lia?

Lia:
Sim, sério. E eu esperei que todas as luzes se apagassem... e sai do meu quarto, sei lá, acho que para tomar um gole de água na cozinha, nada especial. Quando passei pela porta do quarto do Luís, eu escutei um pouco da conversa... ele estava explicando algo da dissertação para a tal aluna...

Augusto:
O que foi que tu escutaste de tão profundo?

Lia:
Sei lá... eles discutiam uma parte do livro em que o narrador falava do pai do Ivan. Acho que era um tal Iliá Gelovin, algo assim. O pai do Ivan Ilitch exercia também uma função pública - como o meu pai - e passou a vida construindo alianças, contatos, sempre pensando em se colocar melhor... mas nunca por mérito, sempre por ficar ali, fazendo a política

baixa das instituições, tu me entendes? O emprego dos filhos ele consegue mais ou menos assim...

Augusto:
É a vida, Lia... as coisas parecem funcionar assim...

Lia:
Não para todos... olha o Luís... parece fazer o que gosta... com paixão... com dignidade...

Augusto:
É verdade... tens razão... não são todos que agem de modo tão nobre...

Lia:
O Ivan Ilitch era talentoso, consegue o seu cargo de juiz, mas trata tudo de um modo burocrático, empurrando com a barriga, sempre de um jeito que me pareceu pouco nobre, sem virtude...

Augusto:
Virtude? E quem dá bola para virtude hoje em dia?

Lia:
Hoje em dia é igual a sempre, Augusto. No livro, a vida do Ivan, que Luís nos descreveu, nas partes que eu escutei, ao pôr o meu ouvido na porta do seu quarto, é igual a vida do meu pai... ele sempre trabalhou de modo rasteiro, na turma dos que mandavam na burocracia da faculdade. Eu não me lembro de algo que ele tenha feito que me desse orgulho...

que fosse algo genuinamente consequência de um mérito verdadeiro...

Augusto:
Puxa, Lia... é chato pensar assim... Mas tu és diferente, tu és uma pessoa vibrante...

Lia:
Vibrante? Em quê, Augusto? Todos os meus empregos até hoje foi o meu pai quem conseguiu para mim, com seus antigos companheiros de universidade ou de serviço público... com o seu "jeitinho brasileiro".

Augusto:
Não exagera, Lia, por favor! Não é assim? Vem aqui, me abraça (*ele se aproxima dela e a abraça. Os dois se beijam na boca*).

Lia:
Para, Augusto... alguém pode nos ver... Esse nosso caso não nos levará a nada... Eu sou uma cópia do Ivan Ilitch, de saia... E o meu pai era igualzinho ao pai dele, o tal Iliá Gelovin... não tem o que tirar nem botar...

Augusto:
Como assim, Lia?

Lia:
Olha nós dois... que relação mais sem sentido é essa?

Tu achas que trairmos os nossos parceiros é um ato de virtude? Ou de amor?

Augusto:
Mas Lia...

Lia:
Até depois, Augusto... esquece... parece que nós estamos sempre às voltas com o dilema segurança versus felicidade...

(*Mário se aproxima*)

Augusto:
Bom dia, Mário! Tu estás com a fisionomia meio triste? O que houve?

Mário:
Não, nada de importante... tudo tranquilo... A empregada, Dona Dulce, veio avisar a Lúcia que a irmã dela acaba de falecer pelo vírus... o marido está mal, em casa, aqui na Serra, esperando uma vaga no hospital... acha que ele não vai resistir...

Augusto:
Puxa, que pena! Essa pandemia é uma tragédia! Esse marido da Dona Dulce eu nunca gostei... sempre tratou ela muito mal, parece que até a agredia fisicamente... mas nem mesmo os bandidos merecem morrer de Covid...

Mário:
É, horrível... Essa pandemia parece revelar os mesmos tipos humanos das pestes do passado: os negacionistas, os oportunistas, os que buscam culpados de seu interesse... e alguns bons samaritanos... Onde anda o Luís?

Augusto:
Ainda não apareceu... algum assunto em especial com o meu amigo de infância?

Mário:
Não, nada... bobagem minha... Eu fiquei com uma curiosidade...

(*Chega Luís)*

Luís:
Olá, pessoal! Houve alguma coisa?

Augusto:
Sim, mais uma morte pela Covid... a irmã da nossa empregada. E o marido dela está morre, não morre, também.

Mário:
Parece que as mortes estão chegando mais perto... Há uma parte no livro...

Augusto:
Que livro?

Mário:
O livro da aluna do Luís... da dissertação de mestrado... *A morte de Ivan Ilitch*...

Luís:
O assunto da morte é muito complicado, não? Mexe com qualquer pessoa... ainda mais numa pandemia, em que nós somos forçados a conviver com ela diariamente...

Augusto:
Mário, tu também leste o livro?

Mário:
Sim...

Augusto:
É impressionante essa história... todo mundo nessa casa só fala no livro do Tolstói? Parece que viramos o Departamento de Letras da Universidade!

Mário:
Sabe, Luís, eu me interessei sobre o assunto que tu estavas discutindo com a tua aluna... e comprei o livro pela *Amazon*, pelo meu iPhone... hoje é fácil... a gente compra tudo pela internet...

Augusto:
Tu também? E aí: o que tu descobriste?

Mário:
Sei lá... eu fico pensando nestas mortes... esse pessoal que pega Covid... começa com uma tossezinha, uma febre, depois vai piorando... a pessoa acaba no CTI... recebendo oxigênio... vai emagrecendo, sumindo, sumindo... e deu: morre. Terminou... fim. *The End*... O livro é meio parecido... o Ivan vai adoecendo, e o Tolstói vai construindo quase uma fotografia das relações humanas durante a doença... Essa Covid está me enlouquecendo, sabe?

Augusto:
É... pode ser... mas o que tem o Ivan Ilitch com isso?

Mário:
O Luís que diga...

(*Luís se levanta, querendo evitar que a conversa continue...)*

Luís:
Desculpe-me... o meu iPhone está tocando... eu tenho de atender... já volto...

Mário:
Augusto, há uma parte do livro, em que a mulher do Ivan, a Praskóvia Fiodorovna...

Augusto:
Tu também sabes até o nome completo da mulher

do Ivan? (*olha para a plateia*) Essa história está assumindo proporções inimagináveis...

Mário:
A Praskóvia Fiodorovna leva o Ivan Ilitch ao médico... aliás, o Ivan vai a vários médicos e ninguém sabe exatamente o seu diagnóstico... eles falam de "rim caído", de "rim deslocado"... porque ele tem lá pelas tantas uma queda bem na região do rim... mas nenhum médico sabe o que ele tem com certeza...

Augusto:
Como hoje na Covid... ninguém sabe nada ao certo...

Mário:
O Ivan se olha no espelho... na sala de espera do consultório, enquanto a sua mulher conversa com o médico... O que ele vê? A imagem de si próprio, um homem emagrecido, frágil, com aspecto de moribundo, quase irreconhecível...

Augusto:
Que horror... É um ser humano tendo de reconhecer que a sua morte está próxima...

Mário:
Ele também bota a orelha na porta – como eu tenho feito desde ontem, na porta do Luís – e escuta o médico dizer para a sua esposa: "ele está horrível... pele e osso... está muito doente...". E Ivan percebe que

está quase no fim... Augusto, vai ser mais ou menos assim... se um de nós pegar Covid...

Augusto:
É... tens razão. Mas o que fazer? É uma boa pergunta, não? O que fazer de nossas vidas... Nós não temos o controle total sobre os nossos destinos...

Mário:
Por isso mesmo, Augusto... Por essa razão é que temos de tentar viver uma vida mais digna, que faça mais sentido... A minha, infelizmente, não é assim.

(*Apagam-se as luzes*)

DIA 7

(*Augusto está sozinho, sentado na sala... é dia de retornar para a cidade. O confinamento com os amigos e Lúcia, em sua mansão na Serra, está por terminar. Ele recebe uma ligação pelo seu iPhone*)

Augusto: (*falando bem baixinho*)
Lia, o que foi? O Mário está contigo? O que foi? Calma, Lia, calma... O quê? Fugir para a Islândia? Tu perdeste o juízo? Que Islândia... não é porque eles vivem no gelo que eles vão resolver a tua vida... eu sou casado com a Lúcia, um casamento de merda, é verdade, mas é o meu casamento... tu não estavas te reconciliando com o Mário... O quê? Tu vais falar tudo, na frente de todo mundo, dizer que tivemos um caso e nós dois somos dois merdas? Tu estás louca, Lia?... Mas que Ivan Ilitch nada, Lia! O Ivan não tem nada que ver conosco... Pelo amor de Deus, mantenha a calma, pelo amor de Deus... (*olha para a plateia*) Hoje eu enlouqueço de vez... esse Tolstói é um grande filho da puta... está todo mundo ficando louco por aqui... seria a força da arte?

(*Lúcia se aproxima*)

Lúcia:
Eu sei o que está se passando contigo...

Augusto: (*assustado*)
Tu sabes? Como assim? Tu agora sabes ler os pensamentos humanos?

Lúcia:
Quase...

Augusto:
Quase?

Lúcia:
Praticamente tudo... Augusto, eu sofri uma metamorfose... como a que Ovídio escreveu...

Augusto:
Ovidio? Que Ovídio, Lúcia? E tu és agora uma leitora da *Metamorfose* do Ovídio?

Lúcia:
Não sou, mas serei... comecei essa noite... algo de muito sério me aconteceu, Augusto. Eu também perdi o sono de madrugada... e vi que tu estavas no teu banheiro... Tu ficaste horas no banheiro... e nada de barulho de descarga... eu pensei comigo... O Augusto está lendo alguma coisa...

Augusto:
Lendo alguma coisa?

Lúcia:
Sim, seu bobinho... tu achas que eu não juntei os pontos dessa história?

Augusto: (*assustado*)
Mas que história, Lúcia?

Lúcia: (*com cara de quem desvendou um mistério*)
A do Ivan... a do livro do Tolstói... não estou certa, Augustinho?

Augusto: (*surpreso*)
Mas como que tu foste capaz de imaginar que eu estava no banheiro trancado, lendo o livro do Tolstói?

Lúcia:
Queres saber a razão? Muito simples, meu querido. Eu também me tranquei no meu banheiro e comecei a ler *A morte de Ivan Ilitch* e só parei na última página... fiquei três horas no banheiro... acho que vai me dar até um ataque de hemorroidas de tanto ficar sentada no vaso sanitário fazendo a leitura...

Augusto:
Fica quieta, sua louca... Tu também leste *A morte de Ivan Ilitch*? Tu, minha cachorrinha?

Lúcia:
Li! Qual o problema? Eu não tenho o direito? Só porque eu sou fútil e levo uma vida superficial, pensando apenas em coisas materiais... E que história é essa de tua cachorrinha? Eu nunca fui a tua cachorrinha, aliás, nunca fui a cachorrinha de ninguém... eu adoraria que alguém tivesse me amado de verdade...

Augusto: (*olhando para a plateia*)
Ela também leu *A morte de Ivan Ilitch*, do Liev Tolstói!

Percebam a metamorfose! Ovídio é pouco... É inacreditável o poder da arte!

Lúcia: (*bem interessada no livro*)
A minha interpretação sobre a narrativa do Tolstói, sabe, Augusto, é de que a novela nos traz uma reflexão do Ivan Ilitch sobre a pobreza da vida das pessoas... Eu pensei no merda do meu pai, um generalzinho medíocre que só sentia prazer perseguindo os outros... lembra o sadismo do Ivan em alguns processos...

Augusto: (*rindo*)
É impressionante a metamorfose dessa mulher...

Lúcia:
E com a sua doença fatal, o Ivan Ilitch começa a perceber o verdadeiro significado da sua existência... o livro suscita discussões profundas sobre a mortalidade, o sentido da vida, a autenticidade do que fazemos e faz uma tremenda crítica à sociedade... faz emergirem as questões fundamentais da existência humana.

Augusto: (*impressionado*)
Faz emergir as questões fundamentais da existência humana? Eu estou impressionado contigo, Lúcia, eu nunca te vi assim, tão filosófica, tão profunda... (*ele olha para a plateia*) isto não será alguma forma rara de Covid-19? (*ele olha para uma mala que ela trouxe*

do quarto) E que mala é essa, Lúcia? Onde tu pensas que tu vais?

Lúcia:
É exatamente o que tu estás pensando...

Augusto: (*assustado*)
Como assim, Lucinha?

Lúcia:
Eu partirei, Augusto... *adiós bambino*... vou embora...

Augusto:
Embora para onde, Lucinha, minha querida? Tu nunca gostaste de viajar sozinha...

Lúcia:
Não se trata de uma viagem solitária...

Augusto: (*meio assustado*)
Como assim... tu vais com uma amiga... para Miami, fazer compras? E depois voltas?

Lúcia:
Não, Augusto. Eu acho que aprendi muito com o livro do Tolstói... eu vou embora... simplesmente assim... eu partirei...

Augusto:
Mas que conversa é essa de "eu partirei", Lúcia? O que é isso?

Lúcia: (*meio constrangida*)
Eu e o Raulzinho...

Augusto:
Tu e o Raulzinho? O entregador de compras do supermercado?

Lúcia:
Sim. Nós decidimos tentar... se não der certo, não faz mal... eu não quero levar uma vida medíocre como a do Ivan e a Praskóvia Fiodorovna... de jeito nenhum...

Augusto:
Que Ivan? Que Fiodorovna? Tu estás louca? Fora de si? Mas como que uma mulher da alta sociedade como tu, cheia de joias e de roupas finas, viajada, vai fugir com o Raulzinho?

(*Olha para a plateia, transtornado*)

Eu acho que eu errei de peça teatral: eu sou o príncipe Míchkin, "o idiota", do Dostoiévski!

Lúcia:
Vou... e vou... está decidido... Eu quero tentar, não quero mais essa vida medíocre! Eu não quero ser o Ivan Ilitch! Eu só vim aqui na sala, para te participar da nossa decisão? E me despedir de ti...

Augusto:
Que nossa decisão, pelo amor de Deus?

Lúcia:
Minha e do Raulzinho... ele só precisa combinar umas coisas com a mãe dele... pegar o cartão de vacinas... a mãe dele sempre cuidou muito bem dele...

Augusto:
Tu vais me abandonar por um garoto cuja mãe controla as suas vacinações? Eu acho que vou desmaiar...

Lúcia:
Nós vamos acampar por uns dias numa praia deserta em Santa Catarina... eu sempre quis acampar e nunca acampei... e depois ele e eu decidiremos... Tchau, Augusto! Manda um beijo para o pessoal...

Augusto: (*Lúcia se prepara para partir; ele olha para o público estarrecido; entra Lia*)

Lia:
Lúcia, poderias me dar uma carona?

Augusto: (*olhando para a plateia*)
Para onde, meu Deus do céu?

Lia:
Eu estou partindo, Augusto! Cansei de ser o teu "depósito de espermatozoides"... estou indo embora...

Augusto: (*atônito, sentado no sofá*)
"Depósito de espermatozoides"? Mas que simplificação da nossa relação é essa... E eu? E o Mário?

Lia:
Vocês dois? Casem-se um como outro, se quiserem... eu estou pouco me lixando... eu cansei de ser a ex-mulher de um e a amante do outro...

Lúcia:
Amante do outro? (*olha para Augusto*) Filha da puta.... Vamos, Lia, eu e o Raulzinho te damos uma carona até um ponto de táxi. Eu te perdoo... uma mulher sempre deve perdoar a outra! Só o fato de tu mandares a merda esse chato do Augusto já é um grande progresso...

Augusto: (*para a plateia*)
Eu não estou entendo mais nada... Que desmoralização é essa que está se passando comigo?

(*Entram Isabel e Mário)*

Isabel: (*chorosa*)
Lia, minha querida amiga... me perdoa, por favor, me perdoa...

Mário: (*dirigindo-se à Lia e constrangido*)
Me perdoa também, minha querida...

Lia:
Perdoar o quê, Isabel? Perdoar o quê, Mário?

Isabel:
Eu decidi dar um rumo na minha vida... Mário e eu

nos amamos... descobrimos isso ontem, quando resolvemos ler juntos...

Augusto: (*para a plateia*)
Deixem-me adivinhar: *A morte de Ivan Ilitch*!

Isabel:
Exatamente! *A morte de Ivan Ilitch*, de Liev Tolstói... Como naquela parte famosa do "Inferno", na *Divina Comédia*, de Dante Alighieri, em que os cunhados Francesca e Paolo leem juntos um livro de poesia e, sem querer, beijam-se na boca, apaixonados... Mário e eu nos apaixonamos ontem, à noite, na cozinha, lendo juntos o livro do Tolstói...

Augusto:
Minha mulher, Lúcia, fugindo com o Raulzinho... Minha amante Lia me mandando à merda... Isabel citando Dante Alighieri... e fugindo com o Mário, ex-companheiro de minha amante Lia... eu não entendo mais nada... eu quero morrer...

Isabel:
Adeus!

Mário:
Adeus!

Lia:
Adeus!

Lúcia:
Adeus!

Augusto: (*gritando quase como por socorro*)
Desse jeito, eu vou dizer adeus também! É tão fácil! Luís! Luís! Venha aqui urgentemente, pelo amor de Deus, eu acho que estou tendo um infarto... e um daqueles fortes...

(*Aparecem Luís e Renato, de mãos dadas*)

Augusto: (*como quem viu a bomba*)
O que significa isso, Luís? Nós somos amigos de infância, pelo amor de Deus... me diz o que significa isso... e essa mão boba... o que é isso, meu amigo?

Luís: (*bem sério e racional*)
Augusto, simplesmente aconteceu... tu me conheces desde criança... e tu sabes que mulher nunca foi o meu forte...E eu sempre protelei esse assunto... deixei para mais tarde... E simplesmente decidi roubar o fogo dos deuses do Olimpo...

Augusto:
O fogo dos deuses do Olimpo?

Luís:
A luz que havia na parte de fora da caverna do Platão... tu escolhes...

Augusto: (*desesperado*)
Luisinho, não me deixa aqui sozinho, pelo amor de Deus! Esquece o fogo e a caverna! É tudo culpa desse filho da puta do Tolstói... fica...

Luís:
Agora é irreversível. Renato e eu começamos a discutir *A morte de Ivan Ilitch*, do Liev Tolstói, o assunto foi esquentando, esquentando, pintou um clima... e, simplesmente, o amor aconteceu.

Augusto:
O amor aconteceu? Assim, numa leitura só de *A morte de Ivan Ilitch*? Luís, Luisinho, meu amigo... calma, por favor, vai com calma... (*olha para Renato*) e tu, Renato, larga a mão dele, por favor... Larga! Desgraçado!

Renato:
Não largo! Nunca mais! O amor chegou para mim pela primeira vez... como em *Morte em Veneza*, do Thomas Mann, de repente eu era o Gustav e o Luís o Tadzio... na beira da praia... os dois... ele com aquele macacão de praia listrado...

Augusto:
Larga a mão do Luís!

Renato:
Não largo! Não largo nunca mais!

Luís:
Eu não largo! Augusto... não largo, não largo nunca mais... estamos comprometidos... noivos...

Augusto: (*desesperado*)
Noivos? Mas tão de repente?

Renato:
De aliança e tudo... eu encomendei pela entrega rápida da Amazon e até já chegou... Hoje cedo... não escutaste a campainha tocar? Era a van da Amazon... eles são muito pontuais nas entregas rápidas...

Augusto: (*desesperado*)
Que entrega rápida da Amazon? Me dá agora essas alianças!

Renato:
Não dou!

Augusto:
Me dá as alianças que eu vou engolir, traidor! Ou eu me jogo no rio Arno, como ameaçou a Lauretta, na ária "Mio Babino Caro", do *Gianni Schicchi*, do Puccini! (*olha para a plateia*) Eu não estou acreditando no que está acontecendo aqui... (*olhando para o Luís*) Pensa bem, Luisinho, pela nossa amizade de uma vida... (olha para a plateia) Eu nunca imaginei que iria me desmoralizar tanto depois de velho...

Luís:
Agora é tarde, Augusto...

Renato:
Eu cheguei primeiro, Augusto... Lu agora é meu!

Augusto:
Lu? Que Lu? Ele é o professor Luís Francisco de Almeida Chaves! O que está acontecendo nessa mansão? Todo mundo enlouqueceu... não vai me dizer que foi o Tolstói e o Ivan...

Renato:
Pior que foi... eu li somente as primeiras páginas de *A morte de Ivan Ilitch* e já foi o suficiente... foi como uma revelação... como o apóstolo João no Novo Testamento, ao ver um novo céu e uma Nova Jerusalém descer do céu...
E eu li depois um resumo do google... e fiquei sabendo de tudo o que aconteceu com o Ivan... a vida superficial que ele levava...

Luís:
Eu também tive o mesmo sentimento...

Augusto:
Cala a boca, desgraçado! (*olha para a plateia, resignado*) Eu sei... as relações superficiais com a mulher, com os filhos, a doença que nenhum médico diagnosticava, o emagrecimento progressivo... até eu já sei de cor tudo que o narrador contou na obra do

Tolstói... só de escutar o que esses cretinos me falaram nestas últimas 48 horas...

Luís: (*olhando para Renato*)
Vamos ser felizes, meu amor! A felicidade nos espera! Me beija! (Luís e Renato se beijam) Adeus, Augusto!

Renato:
Adieu, mon ami!

(*Os dois saem e Augusto fica sozinho na casa, sentado no sofá, olhando para a plateia com cara de catatônico*)

Augusto: (*ele coloca as duas mãos na cabeça, como quem está sem forças...*)
Eu não estou entendendo mais nada!

(*Augusto fica assim alguns segundos... depois, ele olha para a plateia com um sorriso no rosto, como quem talvez tenha encontrado alguma solução. E grita em direção à cozinha*)

Dona Dulce! Dona Dulce! A senhora está aí? O quê? Pode falar mais alto? O quê? O seu marido morreu... de Covid? Coitado... Quando? Ontem? Meus pêsames, que pena, Dona Dulce... O quê? Ele já foi tarde? Mas que beleza, Dona Dulce! Já enterrou? Sim, que bom, Dona Dulce...

(*Olha para a plateia como quem tem uma boa ideia*)

Dona Dulce, a senhora está sozinha? Nesse frio? Pobrezinha... Pode vir aqui na sala? Sim, pode ser sem máscara, sim... sem álcool em gel... como a senhora quiser... Nós estamos só os dois nessa mansão enorme, de nove quartos e cinco em suíte... seria até melhor que a senhora viesse bem à vontade... O quê, Dona Dulce? Tem certeza? Pode, sim, minha linda, pode, sim! Nua... nuazinha, como nasceu!

(*Ele sorri para a plateia*)

Traga também uma garrafa daquele vinho francês... o *Gran Cru*... sim... o francês, o mais caro de todos que temos na adega... e as torradinhas com salmão... e aquela pasta de ricota italiana que me dá um tesão violento... Traga tudo, Dona Dulce, e venha para cá, sentar-se ao meu lado, nesse sofá de oito lugares... só para nós dois... E nós vamos desfrutar o presente... vamos aproveitar a vida! Nós podemos estar mortos amanhã por esse vírus desgraçado! Só Deus sabe o nosso destino, os seres humanos não sabem nada sobre a vida...

(*Muda a expressão facial, como se ficasse mais indignado*)

Ou a senhora prefere que nós dois continuemos a viver uma vida medíocre e sem amor, Dona Dulce, como o Ivan Ilitch e a Praskóvia Fiodorovna? (*olha para a plateia*) Até eu memorizei os nomes... A senhora vem? Sim? Que bom, minha ratinha! O quê? A senhora quer fazer o quê? Comigo?

(*ele faz um olhar malicioso*) Agora? Sério, Dona Dulce? Que maravilha! Podemos tentar, sim!

(*surpreso*) O quê? A senhora também leu *A morte de Ivan Ilitch*, do Liev Tolstói? O Professor Luís esqueceu o livro dele no quarto e a senhora leu? Todo ele? (*ele fica feliz, olha para o céu, como que agradecendo*) Venha logo, venha imediatamente para os meus braços, meu amor, que eu estou a tua espera, minha *Dama do Cachorrinho! (olha para a plateia)* É o nome de um conto maravilhoso do Tchecov! Viva Liev Tolstói! Pushkin! Gogol! Dostoiévski! Turgueniev! Todos os russos da literatura! Viva a força da arte!"

Monólogo Final

As pestes - todas elas, sem exceção - são como um balde de água fria em nossa crença de que alguma divindade possa ser capaz de nos proteger contra as forças da natureza. Os corpos mortos, empilhados uns sobre os outros, nas pestes, são o testemunho do nosso desapontamento com os deuses.

Moby Dick, de Herman Melville, é a lembrança de que a fúria incontrolável da natureza destrói as nossas ilusões quanto à interferência do homem sobre o seu destino. O corpo de Zossima, o líder religioso tão adorado por Aliócha, na obra clássica *Os irmãos Karamazov*, de Dostoiévski, apodrece no caixão e cheira tão mal, na cerimônia de seu velório, quanto o corpo morto de qualquer outro ser humano - pobre ou rico - na face da Terra.

O hedonismo - essa vontade, quase compulsão, que nos empurra para o prazer desenfreado nas pestes - é a nossa resposta, que nos joga em direção ao sexo pelo sexo, ao exagero na boa comida e nos bons vinhos, aos arrotos pelo prazer dos excessos. O homem amedrontado pela inexorabilidade da sua morte abandona qualquer sentimento de compaixão em relação ao próximo. Ele foge da bondade que houve um dia. O seu *oblivion* do amor entre as pessoas, do que antes almejávamos apenas por ser digno ou por ser nobre; ou por representar a virtude ou os valores mais elevados da vida humana: a solidariedade entre os homens, a compaixão pelos que sofrem ou pelos mais necessitados, tudo desaparece rapidamente durante as pestes.

E dá lugar a um desejo desesperado de viver cada minuto do presente, pois só o presente existe. E assim desaparecem os nossos sonhos, porque não há mais tempo para pensarmos sobre o futuro. O futuro não mais existe. O presente o apaga, como a bruma fria de um fim de tarde de outono faz desaparecer o verde dos campos.

As pestes podem ser, de fato, momentos em que alguns seres humanos encontram refúgio ou alívio na arte. Ou em que descobrimos a existência de alguma boa alma – como a do criado Gerassim, na obra *A morte de Ivan Ilitch*, de Tolstói, capaz de nos mostrar algum rasgo de amor pelos outros, apenas pela satisfação de nos revelarmos ainda um pouco humanos. Mas isto é raro.

Infelizmente, para a grande maioria das pessoas, as pestes revelam quem realmente somos: uns animaizinhos assustados com as tormentas, que pensam somente em si mesmos, perplexos com a inexorabilidade de sua finitude e com a constatação da total ausência de um sentido maior para a vida. Como é bom ler Tolstói! Turgueniev! Tchecov! Gogol! Dostoiévski! E com eles aprender que nós podemos resistir. E existir, ao menos nos livros, como alguns idiotas que cultivam a esperança e a fé, e que vagueiam pelo mundo – alguns príncipes Míchkin que creem ainda no poder salvador do amor, da arte e da compaixão.

FIM

SOLO
editoração & design gráfico

Fone: 51 99859.6690

Este livro foi confeccionado especialmente para a
Editora Meridional Ltda,
em Noto Sans, 11/15 e
impresso na Gráfica Odisséia.